艺术学院

安宁 著

中国青年出版社

（京）新登字083号

图书在版编目（CIP）数据

艺术学院/安宁著. -- 北京：中国青年出版社，2011.10
ISBN 978-7-5153-0298-0
I. ①艺… Ⅱ. ①安… Ⅲ. ①长篇小说-中国-当代 Ⅳ. ①I247.5

中国版本图书馆CIP数据核字（2011）第210686号

出版策划：嘉倖文化 JARL.V CULTURE
责任编辑：彭宇珂
特约编辑：彭 娟
装帧设计：尹先波

中国青年出版社 出版 发行
社址：北京东四十二条21号
邮政编码：100708
网址：www.cyp.com.cn
编辑部电话（010）57350504
门市部电话（010）57350370
长沙湘诚印刷有限公司印制
新华书店经销

889×1194 1/32 9.5印张 156千字
2012年1月北京第1版
2012年1月湖南第1次印刷
定价：25.00元

自序

提笔写作这部长篇以前，我就一直在思考，艺术之于我们世俗人生，究竟有怎样的意义与价值。这是一个看似抽象又空旷的问题，我们会因一部电影泪流满面，会因一尊雕塑心惊魄动，会因一首歌曲思绪飞扬，会因一本小说愁肠百结，会因一幅油画心旌摇荡，但我们在匆忙的前行中，很少会考虑，与我们并肩同行却从不主动打扰我们喧嚣生活的艺术，它在漫漫路途中，占据怎样的位置。

小说中的人物美兰，代表了所有热爱艺术并愿意艺术地美好地生活下去的常人，尽管她的学历是一个博士，职业是一个油画老师，但是这并不妨碍她与我们凡人一样，面临房子车子票子位子的烦恼。她头上的光环越多，她越是无助。而这种对于现实生活的无助感，在俗世烦恼中的挣扎与痛苦，如何得以化解或稀释，艺术又如何引导她避开那些让人变得世俗不堪的东西，使她依然保有一份对于生活的热爱与温度，便成为小说探讨的焦点所在。作为一个悲观主义者，我很自然地将小说结局设置成了悲剧。但我恰恰觉得，只有悲剧的力量，方能让我们真正地思考人生，思考可以慰藉人类忧伤的艺术，思考世俗人生与理想生活剧烈冲突时，我们种种选择背后的原因。

在某种程度上，小说中的美兰、唐放、于飞、秦笙，皆是我试图传递理想人性的代言人，尽管他们本身也有种种缺陷，而且，在外人的眼中，并不是真正意义上的理想人物，因为他们皆在与世俗人生的对抗之中，溃败下来，不能给读者以正面的激励与力量。可是很多时候，我们不能以一个人的成功与失败，来功利地定义他的灵魂及人性的优劣。尽管我们当下的教育，恰恰相反。这四个有缺陷的理想人物，平均年龄在30岁左右，也就是他们代表了在社会中存有理想也试图逆流而上的80后一代人，这一群人依然保持着青春时期的锐利与光芒，但同时在现实中，也因为这样的尖锐，而付出了各自的代价。

尽管悲观，但我始终愿意相信，人性之中会有美好温润的东西。恰恰是这种东西的存在，才会让我们在日常生活中接触到各式的艺术作品时，会瞬间生出孤独、喜悦、澄澈、静寂、柔软，或者无助与悲伤。一个懂得孤独并学会享受孤独的人，才会内心纯净。也只有在孤独之中，我们方会静心思考，祛除尘埃。而所有优秀的艺术作品，都是孤独的人，在孤独的时刻，喷薄而出的。

而将小说的地点，放在艺术学院，不过是因为，我熟悉这里，并热爱这里，我从这个地方，所汲取的营养，远远多于我给予它的微不足道的付出。它几乎囊括了我生活的城市，所有的艺术精华。而其中行走的人，也必然因此，更能够代表理想与现实，艺术与人生的冲突矛盾，以及当下在媒体中频繁出现的80后、90后两代人的对立与摩擦。

我当然是其中的一员，我借助所有的人物，来表达我对人生和艺术的思考。我裹挟在他们中间，像一个观望的路人，觉得毫不相干，却也清楚地知道，我同样是别人眼中的风景。我们在同一条道路上，前行，或者后退。

我宁愿做一个一路后退的人，逆时光与俗世的河流后退，一直退回到我还是一个纯真的会为一首小诗而安静流泪的少年。

是为序。

目录

第一章　学生打架斗殴事件

美兰被系主任陈大力连讽带讥地训斥完后，涨红着脸走出办公室，隔着走廊上的玻璃看到窗外浑浊的天空，便想，除非辞职，而且，与未婚夫刘志国分手，否则，自己怕是会客死在这个陌生肮脏的城市，或者，跟刘志国捆绑在一起，厮打到形同朽木的金婚银婚钻石婚。

这样想着的时候，于飞的短信，便发了过来。美兰站在二楼楼梯拐角的窗前，打开短信，看到上面只有4个字母—“tbxn”。淤积在美兰心中无处发泄的那些情绪的污泥，瞬间就在这4个字母的引导下，哗啦一声，倾泻而出。美兰背对着来往的老师和学生，默默流了一会儿眼泪，想着要写什么样的话给于飞呢？用同样的话回复他“特别想你”吗？还是冲他任性发脾气，问他为何不来拯救自己逃离这里？再或告诉他，她哭了，特别想他，如果可以，飞过来抱抱她吧。可是这样胡思乱想一阵之后，美兰擦掉眼泪，只写了一个“晚”字。那是他们在北京热恋时，她常发给于飞的一个字，意思是：wan—我爱你。

只是美兰发完这个字，一层一层下了楼梯，又穿过学校喧哗的操场，被几个打球的学生撞了几下，接了三两个学生关于毕业论文或者作业的电话，而后一拐弯，走进校外那条永远都有车在堵的吵嚷的马路之后，便将于飞，还有8个月之前的北京，给暂时地忘记了。

美兰现在常常有些想不起8个月前，自己是如何来到这个陌生的省会城市的。但她淡忘了过去，也未曾对现在的生活，有深刻的记忆。她似乎处于一种暂时性休眠的状态，现在、过去和将来，均不能够在她心里，停留片刻。她只是这样在生活里梦游一样走着睡着，至于生活的河流，会将她载到哪里去，她怎么知道呢？

但她在梦里，常常回到过去。有时梦到跟于飞在长长的胡同里走，是安静的胡同，阳光从长条的蓝天上洒落下来，将美兰的裙裾，照得斑斓耀眼。有时梦到于飞隔着马路看她，不说话，也没有任何举止，好像故乡稻田里的稻草人，那时的阳光，则是诡异刺眼的，美兰想穿过马路，却总是看不清晰穿梭来往的车辆，她恐惧着车祸，终归没有在梦里穿越车流。也有时候，梦里的于飞，是背离她的姿态，她只看得到他的背影，而且，那背影越走越快，到最后，只剩下一个模糊的小点，尘埃一样，在阳光里飘着。

奇怪，她总是梦到阳光，炫目的黯淡的炽热的惨白的阳光。这阳光让她每天早晨起床时，觉得有些超现实，跟她最近创作的一批画的风格相似。她很想跟什么人谈谈这批画，但同事们都在各忙各的，办班的办班，开画室的开画室，带学生的带学生，在北京上海大城市卖画的卖画，弄画展的弄画展……像她这样安心地备课做老师，又每日想着在画技上提高一下自己，并顺便将心得写成论文发表一下的，基本没有几个人了。

这也是艺术学院整体老师的状态。这样的状态，让艺术学院在这所省级重点大学里，鹤立鸡群一样，比较晃眼。大家一提艺术学院，就觉得有钱，没文化，爱显摆宝马别墅。走在校园里，若看到路边牛气冲冲地停着的一辆吉普，那大抵是艺术学院老师的座驾。那吉普车将别系老师的QQ或者马自达，衬托得有些小家子气，拿不出门，还带着点受气的小媳妇样。美兰还不知道开着QQ从宝马旁边过的时候，是什么样的感觉，会不会跟她当年在北京读书时，穿着路边摊上10元一件的T恤，与一个浑身都是名牌味道的小资擦肩而过时的自卑一样呢？那时候刘志国跟她一样穷困潦倒，都在读研，尽管考取了国家公费，无需交学费，但生活费用也常常将两个人愁得眉头紧锁。后来刘志国研究生毕业回到省城做报社记者，能够挣钱供她一些生活费，这才让她的博士，读得不是那么艰苦。

就是这3年的生活费，让美兰在博士毕业时，几乎有些卖身的意思，从南方来到北方这个陌生的城市，找到这所大学的艺术学院，而且一签，就是5年的合约。她还挣扎着，离开了于飞，尽管，于飞答应，等她3年，可是她离开北京的时候，就知道，这样的许诺，如果不会落空，大抵，也会被生活消磨掉当初的激情。

美兰对于这个城市，始终没有热爱起来。说不上为什么，她跟艺术学院那些艺术气质浓郁的同事们，关系并不算和谐。当然她也知道，跟同事没有必要成为朋友，关系稍稍亲密，便有些危险。所以对此她没有太多的遗憾，觉得一个人坐班车来去，不蹭任何人的车从郊区回到市里，也是挺安全的一种状态。她也没有其他亲人在这里，唯一的一个，就是刘志国。如果，还没有结婚的他们，算是亲人的话。

所以当美兰因为上课没有点名，导致十几个学生集体在上课时间出逃，跑到市里上网，而且与一群网吧里的小流氓们，打得头破血流，差一点儿出了人命，而遭来系主任陈大力的训斥之后，她想要离开这里的那个想法，再一次像蜗牛一样，探出头来。

刘志国不知道美兰跟于飞的事，如果他知道了，会有怎样的结果呢？美兰不清楚，也不敢去想。刘志国是个脾气暴躁的男人，当然，他也不是个坏男人，毕竟是一起读研过来的，3年的感情，能够继续坚持3年到美兰博士毕业，至少说明，他还可以值得美兰信任。美兰当时忍痛离开于飞，奔赴刘志国来到这个城市的时候，心里对于刘志国，到底是感激多，还是爱情多，美兰看不清晰。她常常觉得自己完全就是被命运给推着，抵达这个城市的。

不过美兰还是将刘志国当成了现在她在G城，唯一的依靠。吃饭的时候，她将在陈大力那里所受的气，通通倾倒给刘志国。本指望刘志国会帮自己骂陈大力几句，或者说写一篇文章给报道一下，不知名地将陈大力批一通，但不曾想，刘志国将一口米饭恶狠狠地咽下去，吐出一句："天天絮叨这些破事，烦不烦啊你?!你知道我今天干什么去了吗？我他妈跑了两个无聊的马路新闻，一个小区下水管道坏了没人修，一个是一对夫妻吃饱了饭没事干，吵架吵到将居委会的玻璃给砸了个稀巴烂！"

美兰生了气，想争执又觉得无聊，扔下筷子就跑到书房里“砰”一声关了门。刘志国不依不饶，追过来继续指责：“你每个星期才上几天班啊，受这点委屈就难受成这样？你知不知道我天天做记者，又受多少人的气？你在北京的时候，我给你诉过多少苦？还不是都他妈烂在肚子里，自己消化了！你要是觉得这地方不好，可以回你的江西老家去，没有人阻拦你，天南海北的人多了，到哪儿找不到一个跟我齐心协力的女人！”

美兰腾地从床上站起来，冲到刘志国面前，几乎是有些歇斯底里地哭着朝他喊：“是我错了，不该来到这里，不该相信你的甜言蜜语，不该跑这么远，不该将父母扔在家乡不管，不该博士毕业离开北京城！”美兰差一点儿就脱口而出，不该抛弃掉深爱的于飞，奔赴这一段已经现出疲惫的爱情，幸好，被刘志国给抱住了，她哭得太凶，没有再继续说下去。

刘志国的好，大约，也就在这里。每一次吵架，虽然都很霸道，可是一看到美兰发脾气，他就熄了火，将她抱住，什么也不说，只剩下安慰和亲吻。这让美兰总觉得，她的脾气越来越坏，似乎跟刘志国有关，是他逼迫她坏起来的，否则，她只有听他骂的份儿。她虽然读到了博士，也从小在不算富裕的家庭里长大，不是个娇小姐，可也希望自己有人宠着爱着，所以她看不得刘志国冲自己发火，而能够控制他火爆脾气的，除了她更大的脾气，似乎没有别的办法了。她尝试过以柔克刚，但不行，刘志国不吃那一套，而且变本加厉地用语言折磨她，直到她也疯狂了，用大哭来止住他的大叫。

刘志国给她拉过被子来，让她休息一会儿。美兰看着他眼睛里的血丝，有些难过，觉得自己实在该做一个温柔贤惠的好女人，虽然读到了博士，算是高学历的女性，但美兰的愿望，其实还是小女人的，愿意安心地做一个有修养有学识的家庭主妇，养一个孩子，每日去健健身，练练瑜伽，将房间收拾得整洁明亮，周末的时候陪老公孩子去逛逛公园，看看蓝天上飞机划过的痕迹。

这样的生活，当然只是一个美好的想象，美兰也就是在坐班车的途中，看到那些飞逝而过的人群或者树木的时候，偶尔这样想想，大部分的时间，她还是在忙乱的生活里，被一个又一个的烦恼，裹挟着，横冲直撞地前行。就像现在，她看到刘志国疲倦的脸，叹一口气，握握他的手，说："志国，你也去休息一会儿，下午还要写采访稿吧。"

刘志国点点头："领导催促得紧，我今天不午休了，现在就去单位，还有一些采访材料要交给总编，你先睡，晚上吃什么菜短信告诉我，我顺路买回来。"

刘志国转身，又想起什么，回头："美兰，单位的那点事，别总放在心里，至少在两年内，你都算是学校的新人，别人不欺负你，不找你承担责任，还找谁呢？”

美兰心底酸酸的，没说出话来，只“嗯”了一声，便闭眼，假装睡觉了。是等防盗门关上的时候，她的眼泪，才哗哗地涌了出来。

不过美兰这觉没睡安稳，眯眼半个小时之后，系里教学秘书李琴就发短信过来，要求下午3点半到老校区开会，内容未通知，这让美兰的心一下子悬了起来。陈大力上午将一杯水重重地放到桌子上，而且溅湿了自己衣服的愤怒样，又放电影似的从脑子里浮现出来。美兰一边手忙脚乱地穿衣服，一边想如果会上陈大力再次发飙的话，怎么办呢？而且，当着那么多同事的面，难堪事小，以后成为系里甚至整个学院和学校的笑柄，一级一级流传下去，那才事大。如果自己在这里待一辈子，那岂不是一个终身的污点？

美兰坐上出租车的时候，省社科院的林淑就打电话过来。美兰看到林淑的名字，像抓住救命稻草一样立刻接了起来：“林姐姐，快救救我吧，你说我现在怎么办呢，等着挨骂还是赶在开会之前找领导求情啊。”

林淑算是美兰在这个城市里唯一的一个女性朋友，两个人在一次研讨会后的饭局上聊了几句之后，就成了无话不谈的知己。林淑比美兰大了5岁，算是有房有车有孩有身份的四有青年。而且她土生土长，对这个城市的熟悉程度，相当于自己的内脏或者五官，美兰在孤独之中，很容易地就被这样一个热情又脾气温和的土著女人吸引，再加上林淑与她不在一个单位，除了概率不大的研讨会，基本上没有什么工作上的交集，所以美兰几乎是毫不犹豫地，就向林淑敞开了内心。甚至，她在北京时跟于飞的交往，也曾经透露了一些给林淑听。美兰想，这应该就是书里所说的闺蜜了吧。

林淑在电话里听得一头雾水，让美兰喘一口气，慢慢说。美兰着急，颠三倒四地将学生们如何用一个舍友重病需要送市里医院的理由骗了她，如何在喝酒后去网吧里打架，造成一起势态正随着流言扩散的流血事件，而系主任又如何劈头盖脸地将所有责任都推到她的身上。

林淑果然久经沙场，很清晰地就给美兰指了条明路："首先你得给系主任陈大力主动道歉，态度诚恳而且真挚，语言委婉、措辞得当，鉴于你语言表达能力可能会差一些，所以最好的方式，便是短信攻势。陈大力好歹是个男人，再怎么说，也不会不怜香惜玉。况且现在他可能就在气头上，也被他的领导——你们的院长，给骂了一通，所以暂时不分青红皂白给你一通批评，并没有什么值得奇怪的。其次你要明确表态，如果是你的责任你一定承担，毫不推卸。再次你还要告诉陈大力，你会尽快跟出事学生和学生家长沟通，将整件事情的原委，调查清楚并且迅速传达，尽力地将学校应担负和不应担负的责任，与学生和家长沟通明白，将流言蜚语限制在最低流量。而这些话，你要在陈大力开大会之前的10分钟内，都袒露给他。反正事情已经出了，与其在会上遭来所有人的白眼，不如就只遭领导一个人的。”

美兰心里一下子敞亮了许多，想自己看来还是涉世太浅，书读到了博士，也不过是纸上功夫，用在世俗生活中，屁用没有。还不如本科毕业后边工作边进修到了研究生学历的林淑，更能看透这个社会。

美兰因为匆忙下出租车，也没跟林淑客气，便挂断了电话。快到陈大力办公室门口了，才想起来刚才竟是忘了问林淑有什么事，不过跟林淑熟悉了，估计她也就是叙叙家常，或者约自己周末出去喝一杯咖啡，改天处理完这焦头烂额的事，跟她再约不迟。

林淑果然是神机妙算，美兰在开会前的10分钟，将陈大力堵在了办公室门口。陈大力夹着开会用的一摞资料正要出门，见美兰进来，轻咳两声，但没说话，明显在等美兰开口。

美兰觉得自己吃奶的劲儿都使上了，才挤出一抹林淑描述中的温柔微笑："陈主任，中午都怪我，其实，我是很真诚地，想向您道歉的，而且，也想承担起应负的责任，将事情尽快地处理妥当，不让您因为我的错误，而过分焦虑担心。"

美兰用眼角扫了一下陈大力的脸，尽管那张脸上，依然是严肃的，但她还是发现了一抹不易察觉的微笑。那微笑有点奇怪，美兰琢磨不透，但终归是微笑，好像厚厚的一堵墙上，有一道缝隙，恰好让明亮的阳光穿了进来。美兰没有等陈大力说什么，便又主动告别："陈主任，我去布置会场，待会儿见。"

10分钟后，陈大力就坐在了美兰的对面。不过美兰没敢抬头看他，只装作轻描淡写地扫了一眼总是左右门神似的，永远都在陈大力两边坐着的同事刘菲与张杰。

刘菲因为在中央美院读在职博士，所以向来很少在会上见到她。美兰只是在应聘的时候，还有后来的几次重要会议上，见过刘菲，但只这几次面，美兰就看出来，这个女人跟她不是一条路上的。而且，虽然刘菲读了博士，但也没有多少墨水，纯粹是为了混个学历，以便在职称晋升和仕途上，可以毫无阻碍。刘菲跟美兰一样都是80年代初的人，但却有美兰大约这辈子都无法学会的溜须拍马的非凡功夫。但凡有领导在场的时候，她的声音永远都是最高的，那声音尖尖细细的，又不乏女人千折百转的娇媚气。有时那嗓门也很低，那大约是有什么私密的事，或者至少看上去是私密的，因为需要她附在领导耳边轻言细语。而且刘菲还貌似跟身边的所有同事，当然，除了美兰之外，打得火热。美兰常常不知道该如何跟刘菲打招呼和开口说话，有时想近前参与到她发起的话题里去，又觉得特别无聊，还有些瞧不起自己，所以就止住了，只将视线移到别的地方去。

这会儿正是开学报到的时候，刘菲没有去北京，反而过来开一场会，这让美兰怀疑，刘菲一定是听到了一些风声，当然是关于美兰被陈大力批了的风声，所以特意来“捧场”。

相比于对刘菲的怀疑，美兰更确定张杰是来凑这场热闹的。张杰有着一个男性化的名字，人也有男性的霸气，或者，说霸道更恰当。40岁的张杰，算是美术系的“元老”，也算是艺术学院的“元老”，反正每次学校里有什么八卦新闻，美兰最初都是从张杰这里听来的。所以，这次学生闹事与美兰有关的消息，想瞒住张杰，一点儿可能性都没有。张杰已经明显老了，至少在美兰看来，已经现出想要努力挽留容颜却终将失去的老态，尽管她浓妆艳抹，将自己整得像即将上台的明星，可是眼角的皱纹，却是多少化妆品也掩饰不住的。这大约让她更加嫉妒美兰这样刚刚毕业的新老师们，所以总是一副倚老卖老的神气和语气。

美兰不知为何，看到刘菲和张杰将陈大力左右紧紧夹着，而且都是一副白天鹅般的骄傲模样，突然想笑。这样的想法让她觉得自己实在该打，都大祸临头了，还有心情在等于“刑场”的宣判大会上嬉笑。可是美兰的确有些忍不住，所以就尽力地将头埋下去，又用笔在空白的记录本上胡乱画着什么，做出一副认真听陈大力下达重要指示的模样。

陈大力一开篇并没有点题，而是闲扯了一些学生宿舍的卫生问题，让班主任老师们多多督促学生，不要将宿舍当成狗窝，乱撒乱尿，害得美术系形象大损，人人都以为蓬头垢面油彩满身的学生，就是美术系队伍里钻出来的。美兰听着陈大力的开题篇，立刻警觉，想着这应是陈大力在子弹射出之前，先发来的一两枚冷箭，让她感受一下那“嗖嗖”的阴气吧。

陈大力接连说了三件在美兰看来不值一提的琐事后，才习惯性地“咳咳”两声，提示所有在座的老师，他马上就要发表重要言论了。果然，陈大力一字一顿地说：“下面，我通报一下近日在我系发生的一起学生恶性打架斗殴事件。”美兰的心，倏地提了上来。但听了几分钟后，她的心，又缓缓地落回到了身体原来的位置。

陈大力竟然没有提及美兰的名字，只是说，在本周二上午，几个学生骗取老师的信任，逃出学校去市里游玩，之后在网吧上网跟小混混们产生冲突，并酿成流血事件，给美术系乃至全院全校造成比较坏的影响。

美兰仔细揣摩着陈大力的字字句句，想他竟然用了“骗取老师的信任”这样的词语，足以说明，他的气已经消去了大半，而且，一切都在朝着美兰希望的方向发展。

美兰想，林淑真是厉害，她怎么就能如此准确地预测到，陈大力会吃美兰这一套小女子的招数呢？而且，林淑只是跟陈大力有过一面之交，美兰跟陈大力平均两天见一次面，都琢磨不透他的心思呢。想到这里，她更迫不及待地想要去见林淑，而且，还要问问林淑打电话来，是不是有什么好消息要告诉她。

不过陈大力很快就提及了美兰的名字，美兰立刻正襟危坐，用无比真诚的视线，注视着陈大力。陈大力看美兰一眼，道：“至于受伤的学生和学生家长，请美兰老师协助团委书记安抚协调一下。如果中间有什么事情，及时和我联系，争取将影响削减到最小。”

美兰连忙点头表示同意，虽然没有注意到陈大力表情上有多少的波动，不过她却看到陈大力两边的刘菲和张杰，却是带着点探询的意味深长的笑意，朝她看了一眼。不过美兰顾不得这么多了，陈大力能够尽快地宣布会议散场，并放她回家，才是她此刻最为关心的事情。

但美兰还是没有被张杰放过。陈大力一宣布散会，张杰就绕过桌子过来，用慰问病人的同情的语气问美兰："没事吧？听说学生是在你课上跑出去的？不过教务处督导人员也有责任，如果他们及时去查上课情况，并向学校汇报学生去向，估计就不会发生这样的悲剧了。"

美兰还没有来得及躲开张杰貌似一时半会不会停下来的喋喋不休，刘菲就"婀娜多姿"地飘过来，以过来人的姿态慰藉美兰：这群学生明摆着就是欺负你新来的，所以以后你可不能对他们手软，凡是旷课迟到的，立刻记入黑名单，反正他们的不良记录都会纳入电脑审核程序，去年你没来的时候，就有一个女生留级了。"

美兰有些受不了刘菲貌似漫不经心讲述，实际却是处处表明自己是"前辈"的姿态，一点儿不因为刚刚读了博士，就觉得低美兰一个级别。尽管，美兰也没有觉得已经毕业的博士和未毕业的博士有什么区别。

好在单位的同事唐放给她解了围，问她是否搭他的车一起走。美兰一向不喜欢搭别人车的，她更愿意自己打车回家。不过这次她却是迫不及待地就答应下来，说："啊，太好了，唐老师，我正好想去一趟大润发超市买一些东西，算是顺路呢。"

美兰坐上唐放的车，好长一段时间才调整好情绪，开口跟他说话。事实上，她的眼泪在眼眶里已经转了一圈，如果身边是她想念的于飞，她早就抱住他大哭一场了。不过好在唐放跟她私人关系不错，在所有同事里面，唐放几乎可以算得上她一个能够推心置腹的朋友。尽管，美兰一直克制警告着自己，不要跟任何一个同事成为朋友，因为自己的好意，说不定什么时候，就会被人给利用了。

唐放果然是懂得她的，放了轻柔的音乐，舒缓美兰的情绪，也没有打扰美兰一个人的沉默不语。美兰开口第一句话，她也没有想到，是"对不起"三个字，对不起什么呢？她想唐放明白，也无需解释。

唐放听了笑："一点小事而已，只不过你刚刚来，又第一次遇到，所以未免心里觉得严重。你没来之前，在艺术学院，这样的流血事件，几乎是家常便饭，有时候学院领导安抚一下学生和家长的情绪，就过去了。再说了，现在90后的学生，就是老师天天耳提面命地要求，他们该旷课的还是旷课，该迟到的也永远迟到。有一年我带学生去云南写生，跟当地一个剧组混居在一起，一个风骚的女生勾引了人家剧组的男二号，而且，还怀孕了，当时我又气又怕，甚至连辞职信都写好了，因为想着与其让学校开除自己，还不如自己挽回点脸面，主动离职，不曾想，那学生满不在乎地站出来，说这事跟我一点关系都没有，全是因为她爱那个男二号，所以也愿意给他生一个孩子，现在她不爱他了，那么就打掉这个孩子去。你瞧，学生比我们的心理素质好得多，所以，那些在医院里的学生，说不定现在正得意可以休息一段时间不上课了呢。”

美兰因为唐放的幽默风趣，“扑哧”一声笑出来。虽然嘴上没有说什么，但她的心里，却觉得温暖，并因为这样的一点温暖，而顺口问唐放：“嗯，现在有时间吗，我请你去喝杯咖啡。”唐放眼睛依然直视前方拥挤的马路，嘴上却是开美兰玩笑：“咦，发奖金了吗，怎么突然有钱请我喝咖啡了？”

美兰知道唐放喜好开玩笑，但心里却是有些不好意思起来。她来这里8个月了，还从未主动请过唐放。倒是唐放以美兰帮他做教学楼墙壁上宣传壁画的名义，请美兰吃过两次饭，又喝过一次上岛咖啡。想起这些，她的脸竟红了起来。

唐放也没问美兰想去哪儿，其实问了美兰也说不出哪儿更好。她在读博士的时候，因为刘志国的原因，寒暑假都会来G城小住，但对于这个古老的城市，总是熟悉不起来。即便是她去过的大街小巷，再去，也觉得如初见般陌生。美兰想，若是她见刘志国也这样，那大概两人也不会总是发生争吵了吧。她想起自己跟于飞，就是如此，总也看不够他，每次穿越北京城去见他，都像初恋一样充满了期待。27岁的美兰，对于初恋的感觉，已经忘却了，是到博士二年级快要结束时，认识了在电视台做节目策划的于飞，才再一次想起小女孩时的羞涩。

刘志国很少有时间陪伴美兰，也没闲情逸致讲这个古城的历史文化，反倒是唐放，给美兰讲过许多当地的风土人情，让美兰开始像了解艺术学院一样，了解这个有着浓郁烟火气的城市，它背后也曾经有过的盛世繁华。所以美兰对于唐放，除了感激，还有一种亲近感。这样的亲近，当然不同于她跟于飞，或者刘志国，她只是觉得眼前的这个男人，比较可靠，而且稳妥，坐在他的对面，即便是不说话，也不会觉得彼此尴尬。她甚至可以发呆，完全忘记唐放的存在。而且，因为唐放是异性，有着比林淑更宽广的胸怀，所以有些时候，她甚至在精神上，觉得距离唐放，更近一些。

这些感觉，美兰当然不会告诉唐放。她现在坐在唐放的对面，觉得这个男人挺温和，她甚至想，如果唐放辞职，她第一个赞成，因为这样，她失去了一个同事，却得到了一个朋友，或者说是大哥。这样的想法让美兰觉得自己实在有些自私。不过唐放倒是真的给美兰透露过一次想辞职开一个工作室的念头。想起这件事，美兰看着对面悠闲吸烟的唐放，便开了口："唐老师，你一直想开的工作室，有眉目了吗？"

唐放没回答，而是问美兰："你能不能直接称呼我名字，别喊我唐老师啊，你不觉得这样称呼我别扭吗？我也就比你大3岁而已，我妈再晚生我两年，我跟你一样也是80后了。"美兰一吐舌头，道："抱歉抱歉，忘了呢，嘿，唐放同学，你那工作室何时上市啊，我还打算给你当秘书呢。"

唐放大笑："就你？肯定不合格，心理承受能力这么差，几个客户发脾气下来，你就卷铺盖逃了。"

美兰白他一眼："别小瞧人，我读书时可一直当班干部的。"

唐放怀疑："真的吗？别是应聘时的简历一样，整那么多名头，专门忽悠人的吧。我可记得你来试讲的时候，在讲台上没少吹嘘。当时还特佩服你，想现在的女博士可真强悍，理论基础深，绘画功底也扎实，而且还擅长交际，能歌善舞，整个儿一全才。等进来了，才发现，你也就一爱哭鼻子的小女人，考博士的目的，不过就是抵触工作，不愿面对洪水猛兽般的现实，而且，想缩在梦想的壳里，再待上3年。”

美兰正喝咖啡，差点呛了出来：“你又不是我肚子里的蛔虫，怎么就对我这么了解啊，我现在觉得你实在不该开什么设计工作室，倒是心理咨询公司更合适呢。”

唐放骄傲地一抬下巴：“事实上，你应该这么说，像我这样才华横溢的人，开什么公司都不在话下。”

美兰一撇嘴：“我不过是拍马屁而已，你还真以为自己武功高强啊。”

说完了这句，两个人都哈哈大笑起来。

美兰在笑声里，觉得之前淤积在心里的那些烦恼，正慢慢开始消散。

唐放又冲了一杯新的咖啡，并用小勺一直搅着。美兰也听着咖啡馆里闲散的轻音乐，发呆。她第一次来这个名为“秘密”的咖啡馆，但却在进门的时候，就喜欢上了这里昏黄的灯光和温暖的家一样的感觉。这感觉让人忍不住想要说出一些秘密，或者敞开自己的心扉，将平日里不轻易示人的柔软的一面，展示出来。

美兰将脑袋枕在胳膊上，像是自言自语，又像是说给唐放听：“你信命吗？命究竟是一种什么东西呢？小的时候在江西的小镇上，从来没有想过以后会去北京，更没有想到会到这里，我差一点儿，就在博士毕业后，想要选择北京呢。”

唐放停下手中搅动的小勺：“我以前不相信，现在有些相信，但也不是全信。我也说不清楚我为什么在北京读完书后，又选择回到了这里，我读研的目的，其实就是为了离开家乡的，因为我厌恶这里护城河的臭味，厌恶这里9点以前总是见不到太阳的浑浊天空，也厌恶这里街道的杂乱无章。可是谁知道究竟是什么力量，又把我给推了回来呢？”

美兰凝视唐放的眼睛：“我想应该是爱情的力量吧。”

唐放摇头：“我那时还不认识我老婆，我是在毕业参加工作后，通过一个朋友的介绍，才认识的她，我当时还抱着一个念头，一定不找本城的姑娘，让肥水都流外人田吧，我可不感兴趣。”

美兰笑：“那可足以说明你老婆魅力很足，你这么抵触，还是娶了她。”

唐放的眼睛有一瞬间的黯淡：“谁知道呢，反正我说不清楚，就这么稀里糊涂地走到了今天，偶尔回头看看，都觉得不可思议，我竟然是个结婚两年的人了。”

美兰歪头沉默了片刻，又问：“你们打算什么时候要孩子呢？”

唐放将烟灰弹落在面前的玻璃烟灰缸里：“目前还没有打算，我觉得两个人就已经够吵闹的了，再加个孩子，太累心；而且，她在公司做会计，挺忙，年龄又比我小4岁，所以她也不着急。”

美兰好奇：“她是学理科的啊，那她平时一定喜欢艺术吧，否则你们怎么能走到一起了呢？”

唐放摇头：“恰恰相反，她是个物质主义者，跟她从事的行业比较接近。我是有一天，看她没心没肺地将面前的薯条全蘸番茄酱吃光了，突然在那一刻喜欢上她的。大概，她那种贪吃的模样，激起了我的保护欲望吧。”

美兰羡慕：“看得出你的确将她当成一个孩子一样呢，每次你打电话，听你带着哄劝的语气，就知道是打给她的。”

唐放大笑：“你还学会偷听了啊？”

美兰带着一些伤感，叹息：“我只是嫉妒她罢了。”

唐放狡黠：“这么嫉妒她，干脆，你也嫁给我当老婆算了，这样我总算娶了一个有共同语言的好伴侣。”

美兰白他一眼：“去去去，别总拿我开涮。”

唐放认真看了美兰一眼：“我想离开艺术学院，你，是不是，也想离开？我是说，想离开这个城市？”

美兰吃了一惊，抬头看唐放："我对你说过吗？我好像，没有对你说过吧，我也好像，还没有这个想法，只是觉得有些烦乱，是有时候。"

唐放点点头："可能水土不服，或者，是你心里对这个城市有抵触情绪，我也不知道你来这里之前，有过怎样的故事，或者与你男友之间，是不是有过摩擦，所以我只能这样推测。"

美兰有些冲动，想要将于飞的故事，讲给他听，或者，假借一个朋友的名义，给他讲讲，但又觉得唐放如此聪明，肯定能够识破这点伎俩，而且，这些隐私，还是烂在肚子里好，无论如何，唐放还是自己的同事，所以已经涌到嘴边的话，她又硬硬地给咽了回去。

两个人一时间无语，听着那首依然在慵懒地漂浮着的曲子，看着窗外，各自发呆。

最终是刘志国的一个电话，将这样的沉默打断。美兰一接起来，就在唐放面前红了脸。因为刘志国的吼叫声，几乎连角落里的服务生都能听得见。美兰起身用眼神示意唐放抱歉，然后便跑到洗手间去接刘志国的电话。刘志国说家里发大水了，房间都快淹了，问美兰是不是脑子灌水了，走的时候都不记得关水龙头！美兰想起中午租住的老房子里又停水，自己急着来系里开会，打开水龙头见没水，就忘记给关了。美兰听着刘志国的吼叫，也急了，说：“对不起行不行？淹了你的房子，回去我赔你钱行不行？”说完这句，就挂断了。

美兰整理好情绪，出来的时候，唐放已经收拾好东西，等她走了。

美兰情绪有些低落，没有说话，便提起书包朝门口走去。唐放快走一步，给她开了门。美兰无意中碰触到唐放的右手，那温暖的体温，让美兰忍不住，想要哭出声来。

唐放送美兰离小区有50米的位置处，停了车。美兰跟他告别，走了一程，快到单元门口时，才想起来，这次，又是唐放结了账。美兰在路边的一株柳树下停住，给唐放发了一个短信，说：“又欠你一杯咖啡了。”唐放很快地回复过来：“嗯，那你记下来，一起请我喝：）”

美兰想笑，却还是掉下了眼泪。

第二章　老师醉酒呕吐事件

因为家里淹水的事情，刘志国足足有一个星期，对美兰的态度都比较冷淡，晚上睡觉，美兰想躺在他的怀里，寻求一点温暖，刘志国一个转身，背对着美兰，一会儿就打起了呼噜。美兰在黑夜里看着刘志国冰冷的后背，心也一点点冷了下去，觉得无边的夜色，鬼衣似的，将她整个给包裹起来，想要钻出来透一口气，都难。

有一天晚上，美兰失眠了，她听着刘志国此起彼伏的呼噜，心里烦躁不安，只好起身抱了被子和枕头，去书房的单人床上睡觉。可关上门，还是可以听见刘志国的呼噜，断续地传来，而且，老旧水龙头滴水的声音，楼上孩子夜里哭叫的声音，马路上呼啸而过的车声，风吹着厨房里的门吱嘎吱嘎的响声，在静夜里，都被放大至许多倍。美兰很少失眠，除非是过度兴奋或者过度难过。所以她对这种深夜清醒无眠的痛苦，完全没有预料，辗转反侧，不知如何应对这漫漫长夜。

起来看会儿书吧，却一个字也进不到眼睛里去。而且头因为长时间的紧张，开始疼痛起来。她重新打开关掉的手机，一个一个看通讯录里的名字，来来回回看了两遍，终于发现，没有一个人，适合在这样的深夜，发一条短信，除非，是于飞。

美兰到G城的时候，于飞送他，在机场，他拿出手机，拨打了一下美兰的号码，帮她存入通讯录，然后说："这是一个新的号码，从现在开始，这个号码，永远都会为你畅通无阻。"美兰抱着他，低声说："不用，你关了这个号码吧，我怕我一打通了，再也挂不断了。"

美兰果然没有再打过那个号码，尽管，她已经在心里，将那11个数字倒背如流，偶尔，她也会收到那个号码发来的祝福短信，可是终究没有勇气，拨打出去，哪怕，只是听听那边的声音，有没有变老。

美兰此刻躺在床上，看着那一行数字，想着，于飞应该睡着了吧，或者，他的怀里有了另外的一个女人，一个可以在身体和精神上，与她媲美，甚至远远超过她的女人。美兰想到这些，心里突然升起一种强烈的嫉妒。这样的嫉妒，让她知道，她在心里，依然深爱着于飞，她希望他能够幸福，可是又希望，他还能依然牵挂着她，就像几天前，他的那一条只有4个字母“tbxn”的短信，所蕴蓄的感伤的温情。

深夜让美兰的身体和灵魂，都一览无余地打开来。美兰想和于飞说说话，想像以前那样，躺在他的怀里，哭一阵，再笑一阵，或者，只是闻一闻他身上汗水的味道。那种咸的浓郁的属于男人体液的味道，此刻又漂浮上来，面纱一样，笼住了美兰，让她觉得呼吸都有些急促。迷乱中，美兰竟然拨出了一个号码，而且，那边一个低沉的男人的声音响起来的时候，她才意识到，那是于飞。

美兰被自己刚才的行为给吓住了，刘志国的呼声，又清晰地隔着门缝传过来。她觉得自己几乎是疯了，同时也不知道该如何是好。她甚至不敢呼吸，怕被于飞听到。在沉默了1分钟之后，美兰才清醒过来，慌乱地挂断了电话。

很快，于飞的短信发了过来：“美兰，你不快乐，你还爱我，像我依然深爱着你一样。”美兰用手指深情地抚过那一行字，就像抚过于飞棱角分明的脸一样。她甚至可以感觉到那些字，带着于飞的体温，暖的、欢喜的、可以依靠信赖的体温。只是，她知道那体温是会因为距离，而变凉变淡的，所以最好的办法，是删掉，不再想念。

可是于飞的短信，又执著地发过来："美兰，我再等你两年，如果你结婚了，且安于那里的生活，不再想念北京，那么，我不会打扰你。如果你结婚了，发现依然不想放弃，那么，离开他，回到我的身边。"

这条短信之后，许久，手机都没有震动。美兰想，于飞应该睡了吧，或者，他对自己的沉默失望，选择走开。这样想着，便写下一行字来："我已经不记得，来时的路，如何返身？所以，且让我继续走吧，将你放在心底最深的地方。"

美兰发完这条，便清除掉所有的聊天记录，准备关机的时候，于飞的短信，再一次响了起来："我会一直在你离开的地方，等你。"美兰将那条短信，贴在胸口，她感觉到一股热流，从心底涌出，漫过脚面，小腿，抚过她的小腹、乳房，而后在及肩处停靠下来。美兰觉得自己犹如浸在温泉里，热气蒸腾上来，她微醺着，终于慢慢沉入梦乡。

系主任陈大力的电话打过来时，美兰还在睡梦之中，她梦到自己乘坐长长的列车，穿过一片绚烂的油菜花，去买一件长长的裙子。她心里满满地都是欢喜，所以在梦里都笑了出来。听到手机铃声，她吓醒了。看看是陈大力的电话，吸了一口气，让心平静下来，才接通了。

陈大力听上去有些急迫和紧张："美兰，晚上系里请几位院长们吃饭，学院里老师现在出差的出差，采风的采风，就你和刘菲恰好有空，所以吃饭的时候，你们多出出力，给我们系多说点好话，只要哄他们高兴了，这次学生闹事，领导至少会减免一些责任在我们头上。"

美兰只顾得点头说"好"、"行"，根本没有时间仔细回味陈大力的话。是陈大力挂了电话，她才蓬头垢面地坐在床上，好好想了一遍他的话，然后得出结论，自己此次的任务，其实是陪酒专员。因为她知道唐放今天下午有事，但吃顿饭的时间还是有的，之所以没有通知他，大概是因为他不是女老师，没有女性公关的优势。至于没有提及张杰，那肯定是因为她年长色衰，不如美兰和刘菲，不到30岁，又有高的学历，而且，模样也不是太差。

其实之前美兰就有过一次陪酒经历，但那时她刚刚到校，懵懂不知，硬是以不会喝酒为由，没有接一个领导敬过来的酒，搞得坐在旁边的陈大力脸色红涨，为了掩饰下属没有轻视领导之意，自己接过去喝了，还打趣说，这叫英雄救美。事后回来跟刘志国聊起，刘志国就训斥她读博士读傻了，连这点人情世故都不懂，就算领导敬过来的是毒药，也要一饮而尽才是，怎么能傻乎乎地拒绝掉呢？

所以这次陈大力电话一来，美兰立刻明白了自己的角色，而且因为学生闹事，自己担的那一点在陈大力眼中永远洗不去的罪责，美兰对今晚喝酒这事重大意义的理解，就更加深了一层。美兰上课可以在讲台上口若悬河、滔滔不绝，即使不备课，凭借着那一些知识储备，也完全能够应付那帮读本科的学生，可是一旦下了讲台，她却觉得自己嘴笨起来，尤其是在酒场上，她几乎对那一套敬酒倒酒的招数，天生免疫。手里拿着酒杯，却不知该说些什么话，才能将那一杯酒，名正言顺地倒入口中。至于该先敬谁，谁和谁不能一起敬，敬哪一个应该满杯，哪一个抿一口即可，她也完全没有个底，所以工作的这大半年，系里吃过几次饭，她每次都做随大流的那一个，或者，跟着唐放，他敬谁，她就尾巴似的在后面跟上去，用微笑致意一下，便将酒小口抿进口中去，实在逃不掉的，才一口喝干了，而后，再留上那么一些，一转身，悄悄吐到餐巾纸上去。

既然明白了角色，美兰离家去赴宴的时候，没忘了好好打扮一番，可是打开衣橱，却不知道该穿什么样的衣服好。电话军师林淑，她笑骂过来：“都说女博士是第三类人，果真不差，连女人最本能的穿衣打扮都不在行，还好意思称自己是美术学的博士？对美怎么就没有一点儿研究呢？”

美兰也笑：“你得感谢我这样的笨女人，否则怎么能突显出你的女性魅力来呢？好啦好啦，快告诉我，穿什么最能配得上做院长的陪酒专员？”

林淑很文艺地给美兰支招：“当然既要露，又要藏；既要隐，又要显；既要妩媚，也不能缺少端庄；既要调笑，也不要显出轻浮，总之呢，气质为上，娇媚为次，要让领导们觉得，女博士的高雅妩媚，是跟女本科的青春纯美，绝对不一样的。”

美兰听着有些头晕：“姐姐，你能不能直接告诉我到底穿什么衣服啊，别绕那么多弯子，我理论学多了，文艺不起来了。”

林淑直截了当：“就穿上次见我时那件长及脚踝的宝蓝色软牛仔裙，上身呢，就要我们第一次见面时，你穿的有蔷薇花朵的小夹袄吧，别忘了长发披肩，做文艺女青年范儿哦。耳环呢，要走起路来有风情的那种，长一些的，这样搭配长裙，显得你愈发地亭亭玉立。”

美兰骂过去：“去去去，我这一米六的身高，还亭亭玉立，小鸟依人还差不多。”

林淑接过去："啊，对，言行举止一定小鸟依人一点哦，众院长们虽然是领导，可也还是红尘中人，平日里打官腔，几杯酒下肚，全都是一副食色男女的样儿。"

美兰看看表，也不客气："OK，那本姑娘梳洗打扮去了，回头聊。"

美兰在赶赴宴会的车上时，刘志国打来电话，问她晚上吃什么饭，美兰这才想起来忘了给他打外出吃饭申请报告了。美兰只好如实相告："志国，系里今晚请领导吃饭，主任非要让我作陪，要不，你自己去饭馆吃点喜欢的饭吧。"

刘志国有些生气："你早说啊，我现在都到家了，也没买饭，家居服都换上了，出去采访了一天，动都懒得动……算了，我吃泡面好了。"

美兰赶紧哄劝："不能这么糟蹋自己身体，你别吃泡面了，我打个电话，让小区旁边的一个饭店给你送外卖过去，你想吃什么菜呢？"

刘志国有些不耐烦："随便扒拉两口就行了，你看着点吧。"说完便挂断了。

美兰知道刘志国还在生前几天水龙头的气，但知道他做记者远比自己辛苦，所以想想也就算了。她翻找了一个饭馆的外卖电话，打过去，给刘志国叫了一份他喜欢吃的炝炒牛心菜，又点了三张玉米饼。

美兰点完饭，发短信给刘志国，他没有回应，美兰想，就当他困了，歇息去了吧。婚姻漫长，以后的路，这样琐碎的烦恼，大约，如一件旧毛衣上的毛球，用打球机永远也打不完的吧。

刚刚乘坐出租车抵达定好的索菲亚大酒店，美兰就看到了刘菲，她开着一辆火红色的本田，透过窗户，潇洒地给美兰打了一个响指。美兰微笑示意，又礼貌地停下脚步，等刘菲将车停好，关上车门，朝她走过来。

刘菲今天打扮得风情万种，跟美兰站到一起，倒还真可以看出美术系女老师们又风骚又文雅的双重个性。春天才刚刚开始，她就穿了一件带桃红色绣花的旗袍，将婀娜的身姿凸显得愈发地诱人。

美兰跟她开玩笑："估计你今天要中桃花运呢。"

刘菲娇媚一昂头："天天被一群男人追得已经够心烦的了，哪还有工夫搭理这些老男人呢？喝酒也不过是为了给咱们系添点光彩，不至于让别系的老师们说，咱们美术系的人全一帮清高画家。"

美兰突然想起来，刘菲至今还是待字闺中，据说，她后面有一打的追求者，还动不动就闹个绯闻出来。不过她好像不在乎这些，因为父母都是G城高官，所结交之人，皆是权贵，不愁没有合适的富二代或者官二代与她结成良缘。父母大概也是放任惯了，不担心宝贝女儿无人可嫁，而且，她嫁给何人，也是一场涉及利益的大事，所以听说刘菲以前交过一个男友，但因为其家境一般，被父母断掉一切联系一个月后，便自行结束了这场爱情。美兰不知道刘菲究竟对爱情有怎样的看法，她似乎每日里骄傲来去，从未有过担忧，而且她的生活不缺少任何的新鲜刺激，只要不到谈婚论嫁的份儿上，她的父母也不会干涉她身边变换不定的男人。

两个女人穿过酒店一面占满墙壁的镜子前时，都不约而同地朝里面看了一眼。就这一眼，美兰觉得，她和刘菲之间的心灵上的距离，不是学历、家境、名车、爱情、容貌等等因素，可以拉近的。她们之间，根本就是两类人，成了同事，这辈子也不会成为朋友。镜子里的刘菲，骄傲的孔雀一样，扬着下巴，看往镜子里的视线，是越过美兰落到自己身上的。她根本就觉得美兰的博士学历，对自己构不成任何的威胁。尽管她的油画功底实在一般，能够考上博士，纯粹是父母帮忙运作，但这影响不到她在艺术学院发光发热，成为领导面前的红人，甚至，受到一些领导有目的的讨好。而平民出身的美兰算什么呢？虽然博士毕业，画工不错，刚刚来到艺术学院，就参与了两次大的舞台美术设计，并受到主任陈大力的青睐，可终究不是综合实力强悍的刘菲的竞争对手。

而美兰的视线呢，则带着一种初到陌生环境的拘谨和小心，这种小心在某些程度上，也成了刘菲嘲笑她的一种资本。以前美兰自己觉察不到，是有一次聚会的时候，单位的秘书李琴过来敬酒，小声对她说，她看起来有些紧张，其实一点儿没有必要，大家都是平起平坐的。但话虽这样说，从小城市里来的美兰，骨子里的自卑，还是影响了她站在人群面前时，视线里的从容与自信。她只有在房间里或者学院的画室里，挥洒油画的时候，才能够进入一种游刃有余的境地，等她完成一幅作品，探头走出门的时候，她觉得与这个世界，又格格不入了，无法自如地沟通。

所以美兰有些嫉妒刘菲，尽管用林淑的话说，这样的女人，根本不值得美兰羡慕，不过是有个权势爹妈而已，又不是自己打下的江山，等哪天爹妈出了事，进了局子，或者退休了，再或有了重病，到时她倒塌起来，比任何一个女人都快。

只是在刘菲的父母还健康且声名显赫的时候，美兰的虚荣，还是免不了让她走在刘菲的身旁，有一种被强烈的阳光晃了眼的感觉。这感觉导致她走到酒店房间门口的时候，下意识地就放慢了脚步，让刘菲在前面，先走了进去。

领导们还没有到，雅间里只有主任陈大力、教学秘书李琴、团委书记赵丽，还有系里最能喝酒的男老师周鹏。刘菲进去就是一通大呼小叫："哈，都是我们自己人啊，要不我们先喝一瓶，这样就有胆量跟院领导们拼酒了。"说完了又看看正忙着手机短信的陈大力，歪着脑袋开玩笑道："嘿，陈主任，给红颜知己发短信呐？美女进来了都不理会。"

陈大力抬头迅速看了一眼刘菲，又低下头去发短信，但嘴上却没忘了调侃："咱们的院花到了，怎敢不理会，一会儿各位院长们到了，只怕我想理会，别人还不愿意呢。"

刘菲依然咋咋呼呼的语气："哎呀，陈主任明摆着就是欺负人嘛，知道我不能喝酒，一喝就脸红，还非得拉我来，我都已经跟同学约好了去钱柜K歌了，害得我一个一个道歉了才得以脱身。"

陈大力终于发完了短信，抬头笑嘻嘻地看着刘菲："一喝酒就脸红好啊，白里透红，领导就喜欢这样的。哎，对了，说到唱歌，今天刘菲你还有一个重要任务，就是吃饭的时候，给领导们唱几首歌，最好是煽情点儿的，千万别给唱得气氛沉闷了。"

不等刘菲又喊叫出来，陈大力又转向周鹏："周鹏今天除了劝酒，还记得要调节酒场气氛，有黄段子给绘声绘色来两段。都说文学院酸腐，但我发现恰恰是人家最会玩这种语言游戏，上次我还学了两个，如果机会合适，我就给院长们讲几个。对了，赵书记也别闲着，荤的素的也上点儿。”

刘菲嘴快：“那主任给美兰老师安排什么任务啊？不能我们都肩负重任，就她优雅地在桌上看我们耍活宝吧。”

美兰一下子红了脸，好像正在角落里安闲地看自己的一方小天地，忽然就被一只脚给踩了一下，而且，还弯下腰来，很认真地盯着她看。

见陈大力若有所思地看过来，美兰只好语无伦次地解释：“我，我不行，喝酒不行，也不会说话给人听，我也跟他们不熟，真的。”

陈大力点点头，笑：“那么，让美兰就当一枝花，在饭桌上散发点怡人清新的香气，给我们熏熏塞满酒肉的肠胃吧。”

周鹏看了一眼美兰而后开玩笑：“美兰老师今天的气质的确适合做一朵馨香的兰花，这样看来，今天我们的团队都很精英呢，没有一个吃闲饭的，包括我们的秘书李琴，最会察言观色，端茶倒水，看哪个领导高兴了，一杯酒斟过去，还怕他不醉倒在刘菲怀里？”

刘菲啊啊大叫着跑到周鹏面前，对他进行严厉抗议。周鹏赶紧躲到赵丽的后面去，说："书记，快吓唬一下刘菲，否则今天她可不好好敬酒。"

赵丽没接这茬，朝美兰招招手，说："美兰，再拿一把椅子过来，如果唐放今天能赶过来，就给他安个座。"美兰听了即刻心里开心，刚才的紧张心情也随之松弛下来。她很快地将椅子拿过来，安在大约能够挨着自己的位置旁边。随后她又借去洗手间的空当，给唐放发一条短信，问他几点能赶过来。唐放很快回过来："美兰，我在机场接朋友，还要安顿他住下来，吃点晚餐，大概赶场过去也得最后一轮酒了，你少喝点，不必认真。"

美兰刚才孤独的心，立刻觉得被一股暖流包围住了。美兰想起来，在她和刘志国一起读研的时候，她有时候出去参加同学聚会，刘志国也会这样安慰她，告诉她少喝酒。而今几年的恋爱谈下来，他们都有了老夫老妻的疲惫，结婚喜宴，一直因为房子和工作忙碌，还有两家之间的误会等原因，迟迟没有办理。事实上，有时候，美兰都失去了做新娘的热情。她觉得马上奔三的自己，已经不是本科时那个天天盼着穿上白色婚纱的女孩了。

美兰只回过去三个字："嗯，知道。"但她想，唐放应该明白自己内心的感激，所以，再多的言词，都是客气而且生疏的废话。

钱江院长入席之后，陈大力才站起来郑重宣布宴会开始。美兰坐在陈大力的对面，看着他在领导们面前，略略紧张的神情和故意放松的语气，便觉得好玩，想原来再大的领导，都有畏惧的时候，因为他上面，总有一个人，比他更强大更威严。也许，陈大力此刻见到钱院长的心情，跟美兰见到他一样忐忑不安。平时的工作有没有落实到位，这次的宴请能不能成功完成任务，自己的下属有没有造成教学事故在全院通报，最近的政绩是不是毫无起色，都成为他面对钱院长和几位主要领导小心翼翼的原因。

酒宴最初气氛有些紧张，陈大力边开玩笑边朝周鹏、美兰和刘菲使眼色，那意思三个人当然都明白，赶紧找理由劝院长书记们喝酒，几杯酒下肚，便什么话都可以说了。美兰被陈大力扫了一眼后，立刻浑身都觉得不自在，好像自己再不有点表示，在这里便成了毫无用处的“白吃”，也便辜负了陈大力的期望，同时，让自己在学生打架一事上，所担负的责任，又加了倍。

这尴尬气氛，是刘菲首先打破的。她有些故作娇羞地站起来，说：“美酒加歌声，才能让夜晚变得更美好，所以我先给各位领导们献丑，来一段歌曲，助助雅兴！”钱院长首先鼓起掌来，说：“刘菲老师原来还身怀绝技啊，今天倒真想看看，她能不能给我们助兴，我先说好了，如果唱得大家伙高兴呢，就免她一杯酒，我们每人自饮一杯，如果不能高潮起来，那就罚她自饮3杯。”

满桌人都叫好，刘菲脸红扑扑的，倒是真的有些像即将高潮的新娘子一样。不过她果然是从小在官员之家长大的，酒场上这点玩笑，完全经得起。所以落落大方地鞠了一个躬，便拿了话筒大大方方地说：“首先多谢钱院长对我的栽培，我这点绝技，完全是在您手下练就的，所以这首歌呢，第一个就献给您。其次呢，给我们气质高贵的李曼书记。”

刘菲的这句话刚说完，满桌人便将视线投给了坐在钱院长旁边一位大约四十七八岁的女人。美兰不太记人，总是要见上两三次，才能记住人家的名字和长相，所以有时别人给她打招呼，她常常觉得尴尬，因为她脑子里对这说话的人，没有一点印象。刚刚刘菲一提到李曼，她起初还以为是斜对面的一个男副院长。见一个陌生的中年女人站起来，朝房间里的小舞台上的刘菲挥手，才意识到这个就是学院里的李曼书记。艺术学院算是这所省重点大学里规模最大的学院了，加上近两年艺术生扩招，学生达到了几千人，而老师也有几百号，所以像美兰这样记性差又基本不怎么跟领导打交道的，记不住这个相貌平平的女书记，也在情理之中。

美兰想刘菲可真会拍马，这个李曼书记，怎么就能够用高贵来形容呢，她脸上的皱纹和化妆品，厚得跟日本舞台剧里的面具差不多，如果她板起脸来，一点也不笑的话，那种冰冷的感觉，就更像了。美兰曾经画过诸如京剧豫剧等各个剧种里系列的脸谱，她觉得这个李曼书记很像《西厢记》里莺莺威严的母亲，椅子上一坐，便六亲不认，也不知道怎么就成了书记的，也许，她的老公是省里的某个权势之人，因为在艺术学院，很多女人的老公，如果不是学院内部的教授或者领导，便一定是省里某个部门的政要。大概，但凡有点权势的男人，找不起歌舞明星，找教授歌舞等艺术行业的老师，觉得也挺好。所以美兰在因为办理户口和编制等过程中，不得不跟学院里一些后勤工会财务保卫科等等部门打交道的时候，她发现的一个共同点是，这些部门里的女人们，大都珠光宝气，一脸安于世俗生活又永远不会放弃斤斤计较的小市民相。因为她们的老公，基本都事业有成，车房不缺，工作之外的日常交流，便除了美容化妆衣服美食出国奢侈品及其婚姻，便不会有别的内容。有时候，美兰还被这些女人们，好奇地问东问西，快要将祖宗八辈给拷问出来了，还不肯停止。

美兰因此很怕这样的女人，虽然知道除非是有事，一般情况下，跟她们打不了交道，她们坐班，在办公室里聊某个男人的八卦情史，跟她有什么关系呢？她一点儿都不关心谁出轨了谁有艳遇了，她只想安静地生活，想想自己的小心思，或者窝在房间里画画，如果不是因为吃饭，一天都不肯出门。

现在这个被刘菲恭维着的女人李曼，便让美兰感觉到一种潜在的威胁。或者，是她身上发射出来的波太强烈了，让美兰因此觉得不适。美兰不知道该说些什么话，才能顺利地过了女领导的关。她肯定不会像刘菲一样，嘻嘻哈哈地就将拍马屁的话吐出来，而且说得让李曼高兴，自己还丝毫都不窘迫，别人不当真，但也不会特别地在意什么。

陈大力这次酒宴准备得真充分，估计是特意找的一个有音响可以随便点歌的房子。边吃边喝，载歌载舞，所有目的，不过是为了哄领导们高兴。刘菲的歌声，算不上好听，但是还说得过去，而且，她一首《辣妹子》喊出来，全场的气氛，立刻被调高了八度。钱江院长在吃了一筷子麻辣水煮鱼后，还朝着刘菲高赞一声："够辣！"满桌的人都哈哈大笑起来，刘菲更是放开了大唱，又拉了桌上人事处的谭处长一起对唱，无奈这谭处长唱功太差，借了酒劲上去卖唱后，又被人哄了下来。

他自己也不想太出丑，给大家献了两句，算是过关了，便急急地下来找酒喝，团委的赵丽书记眼疾手快，拿起酒瓶来，给他满满斟了一杯，又扯两句闲话，算是给他解了围。

这样一搅和，一群人的喝酒热情，就高涨起来。第一轮敬酒的高潮，因此被掀起。周鹏最先起身，走到钱院长的身边去。美兰看着周鹏很从容地弯腰跟钱院长说话，她虽听不清说了什么，但心里却是焦灼的，她看看旁边的教学秘书李琴，低声问她："我们，是不是也要开始敬酒了？"李琴扫一眼乱哄哄的人群，道："我们两个一起敬他们吧。"美兰有些犹豫："那是不是还得单独敬啊，这样岂不是要多喝几杯？"李琴笑："乱成这样，谁在意你少喝一杯多喝一杯啊？"

李琴这样说，美兰还是担心。因为李琴没有学生事故在身，不需要讨好陈大力，可是她不行，而且，陈大力是特意暗示过她要多喝的。但美兰又不能拒绝李琴的"美意"，虽然李琴只是一个秘书，学历岗位都没有她高，但是李琴比美兰早来工作两年，所以在美兰面前，便成了见多识广的前辈，美兰凡事都要询问李琴，而且，不知为何，态度里总带着一点小心翼翼。而李琴在回答美兰问题的时候，则是一副气定神闲的模样，从没有觉得美兰是专业老师，她只是一个行政人员，便要对美兰多么客气。事实上，美兰觉得李琴对哪个老师，都是平视的态度，这样的态度，她觉得一定是与生俱来的，或者，至少是因为她生活的环境，和身边家人的影响，潜移默化了。美兰平时与李琴打交道算不上多，也就是有事开会的时候，或者需要交什么表格的时候有联系，所以她对李琴，并不是多么了解，对李琴的家境和生活，更是一无所知。

因此李琴的建议，让美兰左右为难。假若李琴背景深厚，她即便不去敬领导们酒，也不会有人怪罪于她。假若李琴了无依靠，但对这份工作又不觉得是人生必需，那么听从李琴建议不单独敬酒，依然会让美兰受到陈大力的苛责。美兰对其他领导，皆可以不讨好，唯独对陈大力这一直接上司，要毕恭毕敬。他虽然不能直接决定美兰的升迁或者辞退，可是却会在更高的领导们面前，吹耳旁风，而职称晋升、岗位定级、评奖评优、出国进修等一系列会带来利益的“好事”，也当然轮不到美兰。

但美兰也没有时间细想了，因为李琴已经端了满满一小杯白酒，又朝她使个眼色，起身站起来，朝钱院长走了过去，美兰只好亦步亦趋地跟上了李琴。

李琴走到钱院长面前的时候，钱院长正和系里的赵丽书记窃窃私语，李琴站在一旁，从容不迫地等着，美兰则明显有些焦虑，如果可能，她恨不得变成一只苍蝇，飞出门去。美兰向来是喝不了几杯酒，就要头晕的，她看着今天包括系里领导在内的七八个人，不知道该怎样熬过去，假若她醉得一塌糊涂，给陈大力丢了丑，那该怎么办呢？她现在最盼望的，就是唐放会快快地过来，即便他不能为她挡几杯酒，能帮她出出主意，也是好的，这满屋子的人中，她没有一个觉得能够信任的，也没有一个，会信任她的。

赵丽书记终于结束了她对钱院长的“肺腑之言”，李琴的脸上，也立刻笑意盈盈起来，她拉了一下美兰，然后对转身过来的钱院长道：“钱院长，这次敬酒，我拉了我们系今年新来的美女博士美兰一起，让她见证我到底会不会偷懒，要不，我还是像上次晚会那样，没有见证人，又遭来你说我耍滑头的训斥。”钱院长听了哈哈大笑，看一眼美兰，说：“美兰老师比最初见面试讲时，精神多了嘛，由此可见我们省城还是比北京养人。”美兰听了有些脸红，但还是笨嘴笨舌地回过去一句：“嗯，钱院长，肯定是咱们省城好，我一直都是这样觉得的。”钱院长又是一阵大笑，然后便将酒杯碰过来：“来，为你们两个年轻漂亮的女老师干杯！什么时候结婚，告诉我一声，我去喝喜酒！”美兰被钱院长的笑声弄得有些迷糊，不知道该怎么回应，便跟着李琴碰了杯，又看看钱院长和李琴都一饮而尽，自己也犹豫着，将一小杯白酒，倒进肠胃里去。

接下去的几个副院长、各部门处长，美兰都跟着李琴一一敬过，只是她基本没有说多少话，全以微笑示意，她觉得李琴犹如一个导游，带着她从一处风景，到另一处风景，可是她自己却是对这些风景，还没有留下印象，便因为导游的催促，而快步离开。美兰甚至都没有记下那些院长的姓氏，她觉得他们有着一样醉意醺醺的面容，一样虚情假意的奉承，一样深不可测的心机。美兰站在他们面前，像一个孩子站在深深的池塘边，她伸出头去，看见自己的影子，微微晃动，她有些害怕自己会跌落进去，因为她不知道里面究竟是淤泥，还是游鱼与浮萍。

一圈下来，美兰喝了大约有5小杯白酒，美兰学了李琴，不重要的领导，嘴唇稍微抿抿便混过去了，比如负责图书馆后勤团委等等与自己基本没有什么关系的人，意思一下就可以了。而诸如院长之类的，则要一滴不剩，全部喝干，即便是对方只喝一口，甚至一口不喝，也要如此舍了命去陪伴君子。

不过美兰还是头晕乎乎的，以至于她连唐放悄无声息地坐在她的身边，都没有觉察到。是唐放递给她一杯白开水，她才吓了一跳，发现了他。

唐放一来，美兰觉得在这个房间里，就像有了依靠一样。她也不用担心领导批评，不用想着哪个人该单独敬酒，不用想陈大力会不会喊自己上去唱歌献丑。她尽可以松一口气，将这些烦恼事，都交给唐放。

唐放果然一两句话就给美兰指明了接下来的方向，说，她先尽管坐着，等他也敬完一轮酒，再给大家献一首歌，缓和一下喝酒的进度，她再单独敬钱院长及陈大力一杯，那么今晚的任务，就完成了。

美兰勉强吃了一些菜，喝了一些汤，又去洗手间跑了两次，才算将那些将她的胃灼烧得有些疼痛的酒，给稀释掉了一些。

她去洗手间的时候，看了一眼手机，上面没有一条短信。美兰有些失落，她想刘志国大概将她给忘记了，已经是晚上9点，他也丝毫不细心地发一条呵护的短信，告诉她早点回来，他为她亮着灯。美兰想，难道，爱情中也有7年之痒吗？她和刘志国本科毕业那一年，相识并相爱，两人考入北京同一所大学的研究生，之后又是美兰读博士的3年，7年爱情，还没有走入婚姻，就黯淡了颜色，不知道，再结婚生子，又该会寂寥成什么模样。

美兰终究还是没有打电话给刘志国，她怕刘志国在睡觉，会气愤地朝她大吼，那样她岂不是自讨苦吃，不如这样互不搭理，并学会自己安慰自己。

收拾好心情，美兰重新回到酒桌上的时候，发现气氛有些不对。李琴在角落里对着痰盂呕吐，而一个服务生正拿了毛巾，擦着一个似乎姓杨的社科处处长笔挺昂贵的西装，那上面沾满了显然是李琴呕吐出来的菜渍和污秽。陈大力并没有过去照顾她，倒是那个李曼书记作为女性，过去安抚了一下李琴。陈大力看似劝酒更带劲了，在服务员给杨处长擦完了西装之后，他立刻热情地打着哈哈，像是什么事也没有发生过一样。那杨处长虽然一个劲说“没事没事”，可谁都看得出来，他心里肯定有事，至于这事怎么发泄出来，暂时还无人知晓。

可是陈大力笑声越是响亮，美兰心里就越是为李琴担心，她明明瞥见陈大力回头看李琴漱完了口，惨白着脸过来的时候，眼睛里有一丝的愠怒。一桌子人都好像这不过是一个小插曲，可以忽略不计，但美兰却敏感地察觉出，人人都将这件小事，记在了心里，打算回去跟各自的老婆老公在炕头上津津有味地扯上一扯。

不过李琴似乎并没有美兰那么紧张。她重新坐回桌边的时候，朝美兰笑了一下，那笑里还有一点点胜利者的姿态。陈大力和另外几个单位的人，包括唐放，还在跟不同的人敬着酒，美兰和李琴，成了角落里暂时被大家遗忘的人。

大约几分钟之后，趁着人多混乱，李琴拿起小挎包，擦着那个杨处长的后背，就出了房间。美兰知道她绝对不是去了洗手间，而是打道回府了。没有人问及李琴的离开，好像大家都刻意地将她给忽略了。刘菲花枝招展地穿梭在领导间，比之李琴呕吐之前，更张扬了许多，好像这个房间里，就剩了她一个女人，而且，是漂亮的女人，所有的男人，都是围在她身边的青蛙，哇哇的一片叫声，让她这片丰沃的稻田，生长得愈发的恣意。

美兰呆坐了几分钟，突然想起来，还没有按照唐放的指示，去给钱院长和陈大力单独敬酒。她倒了一小杯白酒，在人群里寻找唐放，看到他正跟负责教学的副院长陆卫东“私语”着。美兰看了低头不觉笑了一下，因为她还没有见过唐放跟哪个领导这么“亲密无间”过，就是对陈大力，他也从来没有过谄媚与讨好。所以美兰在角落里看到两个人交流如此热烈，竟是有一瞬间，觉得唐放有一些陌生。

不过，唐放很快敬完了陆院长，一回头，恰好跟美兰视线相对。他仿佛看出了美兰的落寞，走过来，坐在美兰身边，小声道：“快去吧，敬完你就解放了，我看这酒席不久就会散的，如果钱院长先行告辞，你就连机会都没有了。”

美兰还真没有想到作为最高领导的钱院长，会有特权先行离去这一点，赶紧地站起来，朝钱院长走过去。

钱院长看到美兰端酒过来，先自站起了身。美兰因为这样小小的举止，竟是有些莫名的感动和受宠若惊。她对钱院长其实一点儿都不了解，只记得来应聘试讲的时候，他去听课，美兰站在讲台上，就看到他在随着美兰的讲述，不住地点头，还时不时地低头在本子上记录些什么。而其他老师呢，则因为刚刚从午休中起来，有一些困倦，听得心不在焉。美兰还记得刘菲在摆弄着她的耳环和戒指，又拿出小镜子照了很长时间。这样的小细节，美兰其实都记着，只是她不会对任何人说，包括唐放。

钱院长自己斟满了一杯酒，但美兰没有等他举杯，便开了口：“钱院长，虽然除了新老师见面，这是第二次跟您喝酒，不过一直都很感激您，嗯，我嘴有些笨，不知道说什么好，一切心意，就都放在这杯酒里吧。”

美兰说完，就碰了一下钱院长的酒杯，意欲一饮而尽。不过钱院长用话止住了她：“美兰，你是个优秀的姑娘，能离开北京下决心到我们省城工作，我知道一定是下了很大的决心，我一直都很感谢像你们一样的年轻人，有激情也有真情，也愿意付出，如果你在这里，有任何的烦恼不能够解决，都记得联系我，不要有什么麻烦了我的忧虑。”

这一席话，让美兰突然间觉得，这个一向在自己眼里，高高在上的钱院长，原来也是一个有情有义的男人，或者长辈。相比于在不上不下的领导位置上的陈大力，他几乎可以称得上是一个有素养且值得下属尊敬的院长。

美兰只是感动着，不知道找什么话来回复，所以干脆朝钱院长点头微笑一下，而后一仰头，喝干了杯中的酒。她看钱院长也豪爽地喝完之后，这才有些不合时宜地说了一句“谢谢”，便转身回了座位。坐定之后，美兰想，她为何脱口而出一句谢谢呢？也许，她心里真的想谢谢钱院长吧，因为是他的那一番话，让她觉得在这个依然陌生的艺术学院里，有一些温暖。

唐放不等美兰回过神来，便凑头说：“陈主任也可以去敬了。”说完又给美兰添了杯白酒，只是相比于刚才给钱院长的那杯，明显少了许多。美兰知道唐放这是暗示她，跟陈大力没有必要那么讨好，半杯酒就足够打发掉了。

陈大力几乎有些醉意了，看美兰过来，眼角里的笑，竟是带着点色迷迷的成分。美兰一时有些吃惊，但还是硬着头皮走上前去，尴尬地笑一下，说：“陈主任，今天您辛苦了，我敬您一杯，也谢谢您一直以来对我的帮助和照顾。”陈大力晃晃悠悠地碰了一下美兰的酒杯，将一杯酒，洒出了一半，而后用一种跟他平时完全不一样的语气低声道：“美兰，你是个聪明的姑娘，所以应该明白，有些时候呢，我批评你，是为你好，其实从一开始应聘见到你，我就对你产生了好感，甚至对你心存了私念，这次事故，应该会很快解决完的，你今天这杯酒，该喝干了谢我吧。”

美兰差一点儿没有反应过来，“私念”两个字，像一枚炸弹一样，落入她的心里，并溅起一阵滔天巨浪。美兰几乎有点吓住了，但她还是很快平静下来，就像什么都没有听到一样，朝陈大力笑一笑，说：“嗯，好的，陈主任，我喝光。”

美兰没给陈大力继续絮叨下去的机会，她看得出来，陈大力一定是醉了。那么他刚才说的话，也是一个醉鬼的胡言乱语，或许他根本就不知道怎么说了出来，所有话都是一瞬间的脱口而出。或许那一瞬间，陈大力看到美兰，想起某个女人来了，所以才有了“私念”。如果是这样，美兰今晚，不过是充当了一下倾诉对象而已，就像李琴将污渍吐到了杨处长的身上，也不过是将对某个领导的厌倦，借着酒劲吐了出来。

这样一想，美兰才渐渐平息下来。可是心平息下来了，酒劲却慢慢上来，头晕得厉害，看桌上的酒杯，都是倾斜的。

美兰扭头对唐放说："唐放，一会儿散席后你送我回家吧，我晕得厉害。"

唐放看一眼美兰："你脸很红，这酒喝的时候没感觉，喝完一会儿才会发酵上头，我忘了告诉你了，看样子你今晚喝了有10杯酒吧。"

美兰点点头，又摇摇头："我记不清了，稀里糊涂的，一会儿我要也吐你一身，你做好准备，别赶我下车啊。"

唐放笑："看你酒量还行嘛，醉成这样，还不忘打比喻说幽默。"

美兰仰头笑起来，还差一点将头靠在了唐放的肩上。唐放下意识地伸手扶了一下美兰的肩膀。

美兰感觉到唐放手掌的温度，迷糊中，她想自己大概真的是醉了。

酒宴散去的时候，已经是晚上10点半。每个人都醉醺醺的，也就不讲究那么多礼节和上下等级规矩了。打一声招呼，便都开车的开车，打车的打车。昏黄的路灯下，美兰看到刘菲搀扶着一个劲胡言乱语的陈大力，将他推进了自己的本田车里。美兰想，刘菲要将陈大力送到家门口，她今天穿得那么妖精，要是让陈大力的老婆看到了，该怎么办呢？想完美兰又笑自己，真是多事，怎么操心起陈大力的家事来呢，难道是因为陈大力那一句关于私念的醉话？

美兰上车后，唐放给她扣上了安全带，开玩笑说："我怕自己和你一样有点微醉，所以安全为上，我牺牲了没事，好歹结婚了，待嫁美女跟我一块殉情了，那可不值，怎么着也得上了花轿啊。"

美兰用拳头打了唐放一下："别人欺负我，你也欺负我。"

唐放发动了汽车："哪个男人还欺负你了，我去找他算账。这么漂亮的女人，宠爱还来不及呢，怎么舍得欺负呢。"

美兰不知为何，突然被这句话给弄得难过起来。她在那一刻，想起20分钟后就会见到的刘志国。

美兰情绪低落下去，没有再说话。唐放看她一眼，也陷入沉默当中。车在空寂无人的路上安静地开着。美兰平时很少夜晚出来，此刻看着这个白日里喧嚣吵闹的城市，突然间静寂下来，竟是觉得有些陌生，她有一种不知身在何处的感觉。

唐放不知何时打开了音乐，是一段陈悦演奏的《绿野仙踪》，她平时很爱听的，不想唐放和她有相同的爱好。

美兰看着窗外一扫而过的灯光，料峭中晃动的枝干，急行归家的路人，24小时服务的便利店，闭门打烊的店铺。她想：这个城市是自己将要终老的城市吗？她在这里，真的要一年年地老下去吗？南方那个永远都被水环绕的故乡，是28年的一个梦吗？是不是她的一生中，因为前半生被水环绕了，所以后半生，才要来到这个干旱无雨的G城，像一株被移到旱地里的莲花，或者水稻，能不能活下去，又有谁，能够知道呢？

不知为何，美兰突然想起了李琴。她忘了最好不要打探同事隐私的职场禁忌，扭头问唐放："李琴是本城人吗？她父母是做什么的？"

唐放停顿了一下："据说她父母在本城很有名望。"

美兰轻轻"哦"一声，没有多言，因为只此一句，她就明白了李琴之所以今天晚上敢将污渍吐了杨处长一身的原因。

两个人之间又陷入了沉默。唐放似乎有些走神，他竟是差一点儿与迎面而来的车发生了刮擦。幸好及时转了向，美兰也伸手过去握住了他放在方向盘上漫不经心的手。

唐放虚惊一场，将车开到路边，停了下来。两个人在昏暗的光线里，彼此对视一眼。美兰看着唐放的眼睛，忽然觉得委屈，很多的委屈，一下子全涌了出来。心里的闸门瞬间打开来，她的眼泪，“哗”地一下，流了出来。

唐放很自然地将美兰搂在了怀里，美兰趴在他宽阔的臂膀上，觉得像是停靠在一个安全的港湾，她想要睡一觉，什么也不想，或者哭一场，什么也不说。这样想着，她抱住了唐放，像一个无家可归的小猫小狗一样，依偎在暂时可以收养她给她温暖的主人怀里。

美兰听到唐放的呼吸，很清晰地在耳边响着，是平稳的，又有似乎努力克制住的急促。美兰微闭着眼睛，听着，像听海水的声音，一起一伏。她感觉到唐放的下巴伏在她散乱的头发里，一起埋在其中的，还有他的嘴唇和鼻翼。

美兰觉得大海的潮水一波一波地，涌了过来。此刻，她犹如一只小船，在夜晚的海上漂浮。她希望唐放握住她的手，将面颊贴在她的眼睛上，或者，吻一吻她吧。

她脑子里一阵狂风暴雨袭来，她不知道自己身在何处了，她只想吻一吻一个人，就像她曾经养过的一只小狗，每次久别重逢，都会跑过来，要求她吻它一样。

可是她终于没有任那一股暴风骤雨继续肆虐下

去。她有些羞涩地抬起头来，离开唐放的怀抱，又俏皮地歪着脑袋，说："唐老师，谢谢你宽广的胸怀容纳我的悲伤。"

唐放也笑："美兰，你是一个不肯长大的傻丫头。"

美兰坐回到自己的位置上去，玩笑道："嗯，那大叔快送不肯长大却已经老掉的丫头回家去吧。"

美兰推开家门的时候，房间里是漆黑的，门口的开关坏了，刘志国没有时间修理，每次美兰晚上回来，都要摸索着走几步，到客厅里开灯。由于醉意没有完全消散，美兰差一点儿就被一把椅子给撞倒在地。刺眼的白炽灯打开的时候，美兰看到饭桌上一片狼藉，有两个已经见了底的啤酒瓶子，倒在桌子上，吃剩的下酒凉菜已经蔫了，黄瓜丝在灯下像一条条死去的绿虫子，趴在盘子的边沿上。她给刘志国点的炝炒牛心菜只吃了一半，三张玉米饼，只有一个被啃了一口，然后撂在了桌上。而桌子底下，则是满地的花生皮。两根筷子，一根搭在啤酒瓶上，一根倚在桌子腿上。

美兰放下包，将餐桌和地面简单地打扫干净。可能是搬动椅子的声音有些响了，她隔着玻璃，看到卧室里的刘志国，翻了个身。他枕的是美兰的枕头，盖的是美兰的被子。美兰喜欢一个人舒展开四肢睡觉，而刘志国则想要两个人抱在一起睡，可是他的呼噜很响，美兰觉轻，常常因此整夜失眠，最后刘志国只好放弃，两个人一人一头，并各自用各自的被子。

收拾完了，美兰简单洗漱了一下，便疲倦地走到床边，小心翼翼地拉过刘志国的被子，又关掉床头灯，刚刚要闭眼躺下，刘志国就一下子趴在她的身上，带着满嘴的酒气，吻了过来。美兰想要抗拒，却被他死死地给钳住。

美兰只能喊叫出来："志国，你喝醉了！"

刘志国含混地吐出一句："你别找理由晚回来，我隔着窗户，看到一个男人送你回来了！"

说完了这句，他竟是狠狠咬了一口美兰的舌头。

美兰疼得差一点儿哭出来："刘志国，你疯了吗？那是今天晚上跟我一起吃饭的同事，这么晚了，难道我一个人打车回来你就放心了吗?!"

刘志国没再说话，却是呼吸愈发地急促起来。他的吻，像让人腻烦的冬天的雨一样，落满了美兰的脸。美兰起初还抗拒躲闪，慢慢地就麻木了，任由那湿答答的雨，裹挟过来，而后，是混合着疼痛和羞辱的身体的长驱直入。

美兰想不起来，上次做爱是什么时候了。她已经忘记了曾经恋爱时，与刘志国之间那些亲密的亲吻与爱抚。她现在在刘志国的身体下，想起的，只是于飞的面容。她还记得他高高的个子，她站在他的面前，要仰望着他。她记得和他做爱的时候，他喜欢温柔地吻她的舌尖，小口小口地，像饮一杯琼浆玉液，或者林间清澈的溪水。她微闭着眼睛，能闻得到他头发上淡淡的洗发水的味道。她在于飞的怀抱里，觉得自己像一只飞翔的鸟儿，或者开在森林里的小朵的菊花，世界是安静的，她有他的爱在，觉得独自活着，也是快乐的。

美兰的思绪，飘得很远，在刘志国倾泻而出的时候，她的魂魄，还游走在另外的地方，以至于她都没有觉察到刘志国潮水一样退去了激情。黑暗中，刘志国拿起内裤随便擦了擦，便将其丢在床头柜上，拉过被子来，倒头睡去。而美兰拿过卫生纸来，慢慢擦去身上的残渍，在刘志国的呼声里，想着于飞温暖的身体，过了许久，才进入梦中。

第三章　离婚另娶未遂事件

林淑打电话给美兰的时候，她刚刚上完课，想着午饭要买些什么菜回家去做。刘志国因为单位太远，而且做新闻记者，不仅没有午休，午饭更是没有准点，所以基本上都是美兰一个人在家吃。林淑在电话里，声音明显有些疲惫，也没多说，只带着一点委屈和无助，问美兰中午能不能陪她吃点饭。美兰听出她有事要说，就立刻回她："行，告诉我离你住的地方最近的餐馆是哪儿，我打车过去找你。"

美兰乘车赶到林淑家附近的一个有小雅间的菜馆的时候，林淑已经在等着她了。而且，已经点好了菜，还倒上了两杯红酒。

林淑不等美兰将包放下坐稳，便举杯碰了下美兰的杯子，一仰头饮下大半杯去。美兰吓了一跳，拿过林淑的酒杯放下，道："林淑，你怎么了？借酒消愁啊？有烦心事给我说说，或许根本不值一提呢。"

林淑哧一声冷笑："这事对孩子他爸大概不值一提，他在另一个女人怀抱里，正美着呢！"

美兰吓住了："你在胡说什么啊，你有证据吗？快别一个人胡思乱想吓唬自己了。"

林淑摇头："其实我已经够笨的了，我早就应该知道这一切了，只是我一直在骗自己，以为生活很完美无缺呢。你记得不？去年夏天你刚来那会儿，你说羡慕我一切都有了，我那时还心里小小得意呢，可是，我多他妈的笨啊！事情在那之前就发生了！"

美兰没有打断林淑的激愤，而是为她又倒了半杯红酒，听她继续讲下去："哦，那女人还是他妈的艺术学院的一个老师！我都不知道，他一个财经学院教财会专业的理科老师，怎么就跟你们艺术学院一个教音乐的老师勾搭到一块了！想来想去，要么是在同城网上，要么是一起唱歌，被那妖精的歌喉给迷住了！"

美兰饮了一口红酒，试探着插了一句："男人在社会上混，难免会被另外的一些年轻的女人吸引，不过，他们大部分，都会回来的，天空再大，风景再好，还是没有巢穴暖和舒适吧。"

林淑听到这里，嘴里的一口酒，呛了出来，她的白色的包，也被溅湿了，落满星星点点的红，但她顾不得擦，便骂道："你指望男人会回你的巢？他们在外面几个窝谁他妈的知道呢！指不定鸠占鹊巢，朝秦暮楚呢！"

美兰有些犹豫地问林淑："那个音乐系的老师叫什么名字？或许我能帮你打听一下那女人的情况，如果她也有家有孩子，那么这就只是一次艳遇而已，过不了多久，自会烟消云散。"

林淑"哼"一声道："你也见过康乔一次，他可不是那种喜欢老女人的男人，女人一过30岁，其实又有几个男人喜欢呢？要是生了孩子，更是剩菜一筐了！那小三我早就侦查得一清二楚了，27岁，工作才一年，教钢琴的，叫秦笙，听听这名字起得就多轻浮！声乐飘飘的，一看就不是什么正经女人！别说是搞音乐的，搞艺术的除了你这样的，有几个声名好的？你看你们艺术学院门口宝马香车的，就知道老师学生们都是干什么的了！"

美兰听了有些不太舒服，打断林淑："我还没有听说过这个秦笙，改天我帮你再打听一下，或许情况没有你想象的那么糟糕。"

林淑的眼泪，突然就流了下来："怎么不糟糕呢？不糟糕我给你说这么多干什么呢？今天早晨一起床，康乔就给我打电话，只撂下两个字：离婚！他连弥补的机会都不给，不对！凭什么我弥补？应该要求他给我和孩子道歉才对！”

美兰想起一个办法来：“林淑，你让你儿子劝解一下他爸吧，有时候男人不听老婆的，或许会听儿子的，因为夫妻关系可断，但父子关系却是一辈子的牵连。”

林淑听到这个建议，止住了刚才的愤怒，想了片刻，说：“美兰，那你觉得我儿子淘淘能打败那个小三吗？”

美兰笑着给她鼓劲：“肯定能！就凭咱淘淘那副鬼头鬼脑的聪明样子，你稍加指点，定能收回姐夫的心。”

林淑擦了一下眼泪，叹一口气：“美兰，你说我是不是老了，不中看了？或者我有些惹男人烦？我多尽职尽责啊，一心一意都给了这个家和孩子，可是康乔怎么就能被一个花里胡哨的唱歌的女人给迷住了呢？”

美兰打趣林淑：“要不怎么说鬼迷心窍呢？姐夫是遇到鬼了，等他清醒过来，自然知道家花和野花，哪一个更重要了。”

林淑愣了片刻，突然道：“美兰，你喜欢过别的男人吗？我是说，除了刘志国，我记得你以前隐约讲过北京有一个喜欢你的男人的。”

美兰不知道该如何作答，她还暂时不想将自己的那些秘密全部讲给林淑，她有时觉得，有一些事，最好烂在心里，不告诉任何人，即便是最能保守秘密的闺蜜，也不例外。

她想了几秒钟，绕开了话题："林淑，其实我们女人，不管喜欢过多少男人，结了婚，都只忠心耿耿家里的那一个，可是男人不管身边的女人多么爱他，结了婚，见到新鲜的女人，照例会动心。这也许就是男人和女人的区别吧。"

林淑笑："想不到你没结婚，倒比我这结了婚的，更懂得男女这点事呢。"

美兰大笑："你这是夸我呢，还是贬我经验丰富呢？"

林淑笑喷了酒："当然是夸你，夸你这80后，比我这70后，经验丰富呗！"

说完了林淑又正色道："美兰，这事我给你讲了，也就不怕家丑外扬了，所以你得帮我想想办法，也得帮帮忙，打听一下那个秦笙，是不是很风流，爱混在男人堆里，行为不检点。"

美兰点头答应，随即又补充一句："暗访可以，你可别到我们学院去明察啊，我觉得这事得给姐夫一个考虑和冷静的时间，反正如果你暂时不同意离婚，他也不能跟那女老师结婚不是？他要打离婚官司，更是耗费时间精力，所以我估计那句话只是姐夫一时兴起的气话，你也别太较真，女人从容冷静了，不那么怕离婚了，男人反而倒怕了。”

林淑看着手上那枚曾经给美兰夸耀说价值几万的钻戒，失神了片刻，才道：“也好，我先静观其变，看那康乔有什么新花招。嗯，对了，你和刘志国的婚事定了没？姐姐到时给你们帮忙去。”

美兰听到这个话题神情有些黯淡：“我父母非要求买了房子才能结婚，说本来就不放心女儿跑那么远到这个北方的城市，如果没有房子，让他们怎么对亲戚朋友们交代，女儿博士毕业了，连个住的窝都没有。”

林淑点头：“这也的确是个问题，他们家就不能给点首付，你们贷款买房吗？”

美兰像谈论别人的问题一样，淡淡道：“他们家能给，但只有十几万，现在均价7000，买个100平的话，首付也得20万，剩下的首付和装修的钱，加起来也得15万吧，我们去哪儿弄呢？我父母都在小县城，做小生意，即便是给嫁妆，最多也就3万，而且他们觉得供女儿读书，已经是尽到力了，再拿钱，别说没有，就是有也会拿得很难过。”

林淑叹气：“可是你都快要奔三了，再拖下去时间也不等人了。不行就买个小一些的房子先过渡着吧，其实，再大的房子有什么用呢？像我和康乔，房子一百五十多平，还不是盛不下他的心，想跟他妈的更年轻的女人飞？”

美兰没有告诉林淑，其实刘志国的意思，不管买大还是小的房子，都希望能够AA制，也就是首付或者装修，美兰家能够拿出一部分钱来。读书恋爱的时候，美兰没有发现刘志国的这个习惯，是她去年7月份来到这里工作，谈婚论嫁起来，才突然发现，刘志国心里根深蒂固的一个观念，是平等，尤其，是在金钱和对家庭的责任义务上，说白了，这是他做男人的自私，或者，是还没有做好承担责任的准备。

不能说，美兰便只能笑笑，不做解释。

两个女人饭吃了没有多少，天聊了近3个小时，到最后美兰想着要修改学生的素描作业，才结束了闲扯，匆匆赶回家去。

刚回到家，就接到刘志国的电话，说，刚刚接了几个二手房主的电话，约定了下午4点钟去看房，所以要美兰准备准备赶紧出门到省日报社门口等他一起去。说完刘志国也不问美兰有没有事，就挂了电话。

这是刘志国想出的折中的办法，就是买一个二手房，这样可以相对便宜一些，而且，如果有装修不错的，还可以暂时省下一笔装修费来。新楼盘在郊区的，虽然美兰不用坐班无所谓远近，但离市区上班的刘志国太远。而在市区的呢，则一律贵得要死，广告牌上打的都是“贵族享受”，“少数人的府邸”，他们这种平民百姓，有想住的心，也没有能住的命。所以买个位置不错装修也半新的二手房，倒也是一个选择。虽然刘志国还死要面子地叮嘱美兰，在同事面前不能说自己买了二手房，他是个大男子主义的人，又自尊好强，尚不能担当起男人的责任，但男人的霸道脾气和面子工程却都在行得很。

美兰在赶去见刘志国的路上，想起她留在北京的博士同学田静来，跟她和刘志国一样，也是高校老师与新闻记者的家庭组合，在北京举全家之力，买了一个50平的房子，均价2万，她有一次受邀过去聚会，远远地看到那个好像要被划入拆迁之列的七八十年代的旧房子，就觉得心里难过。那时正是夏天，楼道里没有电梯，苍蝇嗡嗡地飞舞，到处都是一股子发霉的垃圾味道，斑驳的墙壁像一个老人接近腐朽的肌肤，墙皮一块一块地张着干渴的嘴，脚步声大一点儿，就会掉落下来。就是那一次，美兰发誓，毕业后即便是借钱，也要买一个新的房子，至少，在朋友来做客的时候，不至于因为寒酸而心里生出自卑。可是不想风水轮流转，美兰也要和那个同学一样，奔波在二手房子之间，而且，是不得不做出这样的选择。

这个城市似乎有钱人越来越多，因为路上的车越来越堵，堵到貌似美兰这样的，再买车都没有地方插进来。不过是10分钟的路途，美兰在出租车里，坐了整整半个小时，才到省日报社的门口。刘志国急性子，早就等得不耐烦，中途打了两个电话，打得司机都回头善意笑美兰："年轻人，就是性子急，等你们自己买了车，一堵一个小时的时候，就没脾气了。"美兰只能自我解嘲："等我们自己有能力买车的时候，这个世道不知道变成什么样子了呢，所以还是不想那么长远好。"

美兰的确没有想那么远，她觉得自己跟浮萍一样，走一步算一步，她现在似乎也不太想于飞，也不关心刘志国，她只关心自己是不是快乐，哪怕，是一分一秒的快乐也好。就像现在，她看到林淑发过来的一个短信，笑出声来，短信上说："女人一过30岁，就从茶几上被欣赏的花瓶，成为饭桌上满是米饭渣子的碗，即便是上面文了再漂亮的花朵，也终归从欣赏功能，过渡到实用功能。"

美兰能明白这是林淑自我解嘲的话，她们两个，一个在30岁门槛外，一个在30岁门槛内，都离得不是太远，却有了一样苍凉的心境。

刘志国选定了3个二手房主面聊加看房，他借助记者的优势，结交的人多，打探到了3个房源，无需跟中介联系，可以省下一笔中介费。去的路上刘志国对此很得意，一个劲地朝美兰炫耀，说自己省下了2万块的中介费，又提醒美兰，不要一心只顾着关门画画，她那些画，要是不能像别的名家那样换钱，也就是自娱自乐，加辅导学生的水平，还是多结交一些人脉为好，因为现代社会，人脉就是金钱和力量。美兰在车里自顾自地坐着，看窗外的高楼大厦，想着哪一栋，是属于自己的呢？其实她只想要一个书房就可以了，关起门来，自成一方天地，刘志国哪怕再怎么和她争吵，只要她能够一个人待着，想想那些虚无缥缈的过去和未来，就足够慰藉心灵了。

这样的想法，让美兰看上去有些漫不经心，刘志国晃她一下，生气道："我发现你自从来到这里，做什么都没精打采，好像买房结婚跟你没有关系似的，如果你还没有结婚，就对我7年之痒了，那你趁早明说，千万别我们什么都办完了，你突然又觉得这个城市不适合你了。"

美兰不想跟刘志国在出租车上吵，便只好握握他的手求和道："我只是今天因为林淑姐的事情，有些烦恼而已，她的老公，跟我们学院音乐系一个老师有了婚外恋。"

刘志国似乎来了兴趣："音乐系，谁啊？或许我认识这女人呢，因为前几天我们报社刚刚给他们系做了一个全面报道，其中有列举的一些女老师的名字。"

美兰诧异："真的吗？那听说过秦笙这个人吗？"

刘志国笑："怎么样？还真被我说中了，我当然记得她，是个挺有气质的女老师，下巴有粒美人痣，笑的时候很古典。据他们系主任说，她唱歌弹琴都有一手，我见了都忍不住多看两眼，估计像林淑老公结婚那么多年的，更是被迷住放不下了。"

美兰娇嗔打他一下："你可别向她老公学习，否则，我现在就跟你7年之痒。"

刘志国捏捏她的手："你看我像那种人吗？我要是有个有钱爹妈还或许可能，就我这样你嘴里的贫穷老百姓，有钱自己女人还不够花呢，哪有闲钱给别的女人花？"

美兰白他一眼："听你这语气，将来有钱有闲了，可保不住不出墙呢。"

刘志国故意装出向往的神气："可不是？那样的好时光，得等着我们不用买二手房的时候吧。"

美兰鼻子有些酸，觉得有些感动，想，刘志国虽然脾气不好，可是，终归，还是一个靠谱的愿意居家过日子的男人。

3套房子，美兰和刘志国只看中了一套，另外两套，其中一套临着已经发臭了的护城河，这是美兰买房最不能接受的一个理由，她自从来到G城，就发誓，如果买房，无论如何，都要避开护城河。在她生活的江西的小城里，能够临水而居，是一件幸福的事，每天推窗，看看河里的风景，还有河边随风飘浮的垂柳，人的心，会立刻宽广起来。可是来到G城，这一美好愿望，倒是成了想要千方百计摆脱的人生理想，因为每次大风刮起，那股子臭味，会传遍整个城市。美兰不明白，为何堂堂一个省会城市，连一条护城河都治理不好呢？而且，她更不能接受的，是沿着护城河的居民，朝河里倒各种垃圾也就罢了，还在河边吃烤羊肉串，晾晒各种衣物，推车小贩叫卖馒头油条的声音，永远都不会停息。美兰见证过北京治理护城河的漫长过程，所以对G城的环境治理，几乎不抱希望，因为，这里的人们，永远都是一副懒洋洋晒太阳的生活态度，连老百姓都不急，她一个外省人，急什么呢？

还有一套房子，挨着汽车站，方便倒是方便，可是，每天络绎不绝的汽车喇叭声，会让人神经衰弱。而且美兰本来就睡眠不好，如果住在这里，非得夜夜失眠不可。

剩下的一套，还勉强说得过去，虽然也有小区设施太过陈旧、管理疏松、房间里的暖气管道老化等问题，但相比起前面的两套，已经好得多。但是房主咬定每平方米7000元，一分都不降。这个价位，两个人可以买到一所新的房子，只是位置稍远，又是清水房，买了不装修根本住不进去。

刘志国一个劲强调，现在房价是虚高，房东这样坚持，未必能够寻到合适房客，但那个60多岁的老太太，瞪着一双精明的眼睛，不急不躁地笑看着美兰和刘志国，说："小伙子，你们还年轻，没有我走的路多，我只知道，这房子自从我住到这里起，从来没有降价过，这房子里走出去三个大学生，所以风水好着呢，你们即使不要，我也不愁卖，实在不行，留着给我的孩子们当遗产，也算我没有白来世上走一遭。而且，刚才我也领你们看了这房子的角角落落，基本上，你们买了，就能住进来，不想装修，晚几年有钱了再装也行，如果想干净一点，刷一遍墙，就看着一切跟新的一模一样，这木地板我才铺了4年，花了3万块呢，其他一些家具，如果你们有用得着的，我也可以给你们留下。所以你们看看，上哪儿去买这样好的房子呢？那天我看电视上宣传，说什么现在的房子带着牙刷就可以住进去，我这房子，牙刷也免了，洗手间里有一次性的呢！”

美兰忍不住笑起来，刘志国也好脾气地笑着，不急不躁，唠家常似的跟老太太聊天气聊工作聊菜价肉价，又说自己是记者，如果老太太有什么事情需要帮助，可以随时和他联系，说完了又将自己的名片给递了过去。老太太认真拿到窗前光亮处看了看，笑眯眯道：“看你们两个，也都是有文化的人，这样吧，我让一下，给你们6900一平，反正，我老了，要那么多钱也没有用，我也活不过这房子，如果你们满意呢，我们可以很快办手续，如果不行呢，你们再慢慢找别的，我们都不耽误。”

刘志国拉了美兰的手，使个眼色，说：“阿姨，那我们两个，回家再考虑考虑，我们是诚心诚意想买，可是手头紧张，您这个价格，如果放在整个省城，或许不高，但是在这个地理位置上考虑，还是高了一些；一个房子也不是鸡蛋馒头那样轻而易举就买下来的事，所以您给我们一点时间，我们再考虑考虑好吧？”

看得出老太太是一个有点文化的人，脸上始终是不疾不徐的微笑。明明知道刘志国和美兰是在用时间考验她的耐性，但依然温和地点头说好，而后很有礼貌地将他们送出门去，并道声再见。

美兰因此觉得这个价格，老太太不会再让利了，刘志国就笑："这件事上你反倒是比我着急了，我记下了老太太的手机号码，有事没事给她打个电话问候一下，也不说房子的事，但让她知道我们的诚意，她自会因为情感，而降价了，反正我觉得现在的房子是有价无市，观望的多，买房的少，至少买得起的少，所以你如果着急联系，或许会买亏的。"

两个人出了小区的门，拐进一条安静的巷子，在马上要进入一条繁华的街道时，刘志国突然拉住了美兰，并用右手朝着对面马路上指了一下。

美兰看到一对男女牵手走了过来，不明白，问刘志国："怎么了？"

刘志国"嘘"一声："那个女人，就是你们学院音乐系的秦笙，那个男人，是不是……"

美兰一下子意识过来，瞪眼仔细看那有一些距离的男人，虽然离得不是太近，但她还是确信，那个男人，不是林淑的老公康乔，而且，年龄也不对，一看便知和那秦笙同龄，也是80后。

这个发现让美兰有些兴奋，她看着秦笙和那个男人钻进了路旁一辆马自达车里，又在次第亮起来的灯光下走远了，才低声告诉刘志国："刚才那个男人，不是林淑老公，也就是说，秦笙自己有男朋友，可是还插足到林淑和康乔之间，但看样子，她的男友并不知情。"

刘志国有些气愤："这女人，看着挺古典文雅，不想还挺风骚，而且，还挺能装的啊！你们艺术学院，据说比较盛产这样人格分裂的女老师。"

美兰脸有些红，不知道为什么，她突然想起了曾经跟于飞在北京时的那些时光，想到这些，她突然觉得，或许，不应该责怪秦笙，爱情，谁说得清呢？借用一个名人的话说，爱情不分先来后到，只要两情相悦，哪两个人之间情感更多一些，那么其他的人，就是这两个人之间的第三者。

这样想想，美兰刚刚还想要迫不及待告诉林淑这一"重大发现"的心，一下子冷静下来。她想，自己还是调查更清楚一些，再告诉林淑吧，否则，林淑找到学校大闹一场，也有她的责任。

美兰脸红没有逃得过刘志国，他有些怀疑地看了她一眼："你脸红什么啊，好像被抓住的是你一样。"

美兰瞪他一眼："你说什么呢？我只是走得有些累了而已。"

刘志国立马说："那我们打车回去吧，别为了省钱坐公交了。"

美兰有些懒惰："那下午吃什么饭呢？回家去做，还是在外面凑合吃一碗面？"

刘志国这才想起吃饭这回事："那我请你去吃桂林米粉吧，免去你今天做饭的辛苦，也祝贺我们今天三选一，差不多定下了一套房子。"

美兰笑他："你看中了，人家老太太还不一定看中你呢！"

刘志国幽默："一个糟老太太，她看中看不中我有什么要紧呢，只要你这南方佳人看中了我就行。"

美兰笑弯了腰，握着他的手，温柔道："那我请你坐出租车，去吃你请我的桂林米粉吧。"

几天后美兰在学院的教职工会议上，又遇到了秦笙。隔着几米远，美兰还是看清了刘志国描述中的让男人们神魂颠倒的秦笙的美貌。倒真是一个古典美人，有几分神似明星刘亦菲，冷冷的，不怎么说话，坐在位置上，只低头专心地发着短信。美兰八卦地猜测那些短信都是发给林淑的老公的。

美兰大概是看得太出神了，被旁边的团委书记赵丽窥见了那股子痴样，便笑着撞了她胳膊一下："嘿，看美女还这么入神啊。"

美兰不好意思地笑笑："随便看看，并不认识，只是觉得那女老师长得挺古典，很想给她画张像呢。"

赵丽凑过脸来，靠近了美兰耳朵道：“你知道她是谁吗？秦笙，人称学院一枝花，漂亮，有钱，家里貌似开银行的，因为她总是喜欢养着男人。”

美兰“啊”一声差点叫了出来，随后又压低了声音道：“怎么会呢？养男人？应该，是别人养着她吧，这么漂亮的美人呢！”

赵丽本科毕业就一直在艺术学院工作，据说在好几个系都做过学生工作，所以对学院里的情况，了如指掌，再加上她本人读书不多，也不爱读书，所以说话的时候，总带着一股子八卦的感觉，美兰跟她说一会儿话，总觉得自己也变成了一个长舌妇一样。

不过因为林淑的原因，美兰还是故意引着赵丽多说一些关于秦笙的情况。

赵丽果然打开了话匣子：“别看她来学院才一年多，可是爱情经历真是丰富多彩，走马灯似的换男朋友，而且，也奇怪，都是些有才没钱靠她养着的男人。现在的这个男朋友，听说总想着让她给买个车，也不知道是做什么的，大概也是顶着艺术之名不学无术天天晃悠的文艺男青年，不成熟，还跟断不掉奶水一样断不掉对香车宝马的热爱，所以这秦笙挣的那点工资全给了男人都不够，还天天从爹妈那里拿钱。大概她前生欠了男人很多钱，所以这辈子总也碰不到个有钱大方又能养她的主儿。前一段时间还有人拜托我牵线搭桥认识秦笙呢，我赶紧推了，我可不做她的红娘，能养着她的男人可不好找。”

教职工大会已经开始了，台上院长副院长书记们挨个讲开了话，有不爱听的老师，跟不爱听课的学生们一样，在下面低头窃窃私语开来。每次学院大会，老师们除了迫于签到不得不来，也乐意跟见不上面的同事们互通有无一下。美兰觉得这有些像儿时在乡下时村子里开大会，上面村长卖力讲他的大政方针，下面村民们纳鞋底的纳鞋底，聊家常的聊家常，趁机行调戏之事的行调戏之事……学院里开大会，有着高学历的老师们似乎也脱不了爱打探些彼此之间消息的癖好。

所以赵丽讲得带劲，美兰恰好也懒于听枯燥的会议内容，便时不时地用视线来鼓励赵丽讲述的欲望。恰好教学秘书李琴猫着腰进来，坐在美兰另一侧的空位上，三个女人一台戏，台上领导们的那些方针政策，在她们这里，全都成了耳旁风。

美兰从李琴这里得到的重要信息是，秦笙新的男友是个中戏毕业后一事无成在家写剧本的文学青年，天天宣称自己将要写出一部优秀作品来，给张艺谋或者陈凯歌拍摄，又说不行自己也能扛起摄像机当导演，当然，前提条件是有钱的话。钱从哪儿来呢？肯定是秦笙那里。秦笙也许起初爱他的才华，但后来还是因为钱而生了种种矛盾。

美兰听到这里，就大致可以将后面的故事给续下去了。不外就是秦笙厌倦了养男人的爱情模式，偶然间遇到了不如她有钱但却愿意为女人大方花钱的林淑的老公康乔，便终于敌不过他的鲜花美酒加巧克力的爱情攻势，打算举手投降。只是为什么还不肯直接甩掉那个文学青年呢？美兰不太清楚，或许是，她也知道，拖家带口的康乔，不是那么容易就会离婚娶她的吧，她总要找个靠谱一点的，再全身心投入进去。

李琴也是出身显赫“名门”，所以她谈起秦笙的时候，跟赵丽就有些不同，语气里明显带着些不屑一顾，好像秦笙不值得她这样费时间谈论，自从上次从唐放那里知道李琴的“背景”之后，美兰也就理解了李琴作为教学秘书的那股子谁都一视同仁的骄傲劲，而且，开始刻意地与她保持一种距离，因为，她们两个人，显然是泾渭分明的两种类型。

美兰没有八卦秦笙与康乔的婚外恋情，她觉得自己在同事们面前，安心做一个听众就好，至于说话的权利，暂时，还没有她的份儿，桃李不言，是她现在处理与众同事关系的一个最好的方式。

美兰觉得她收集的资料足够多了，便及时地转移了话题，也恰好，没有聊多久，学院的会议，就结束了。美兰离开的时候，故意紧走了几步，追上人群里的秦笙，而后装作漫不经心地，侧脸看她一眼。美兰看到秦笙的眼里，依然是淡淡的，没有内容，又似乎，故意地扫荡掉了心里原本应该饱满热烈的东西。

不知道为什么，美兰觉得秦笙并不是那么“可恨”，甚至，她还觉得有了一丝与她惺惺相惜的感觉。她觉得如果有可能，或许她还能与秦笙坐下来喝一杯咖啡，聊聊天，说些艺术之类的话题。她们两个人，应该不会像她和林淑那样，浸入到彼此的世俗生活里去，吃喝拉撒，皆可以入题。可是，她和秦笙，或许，能够更浸入到彼此的心灵，是不需要言语，便能够懂得的那种。

美兰当然也只是这样推测，或许她们两个人，永远都这样，在一个学院里，却互相只是知道名字，甚至有时候，见了面，连名字都想不起来。

可是美兰还是愿意想象得更加美好一些，因为，秦笙有一个和她一样的，小女儿的心，希望喜欢的男人，能够买一点小小的、未必昂贵的礼物，来取悦宠爱于她。而且，更因为，她看起来和自己一样，都是属于不会刻意讨好奉承，只想安静地在角落里坐着喝一杯咖啡的女人。

林淑这几天几乎每天晚饭后都会给美兰打一个电话，林淑的婆婆在本市有一个大房子，因为老公康乔上班的地方恰好与他的父母家离得近，所以他就习惯隔三差五到父母家住。而自从他跟秦笙有了地下情之后，更是找理由不常回家，后来就干脆长期住在父母家里，孩子老婆全扔在市区的大房子里，只每月给钱了事。林淑除了上班接送孩子做饭之外，便找不到事做，再加上闹离婚这事，更感孤寂，所以便天天给美兰煲电话粥。幸亏美兰离她家远，否则林淑非得跑过来跟她一个被窝唠嗑不可。

美兰本来打算将了解到的秦笙的经历不和盘托出的，这种打算，当然跟她的一点小私心有关，因为她觉得秦笙并不是一个想象中的“小三”的角色，而且她自从见到秦笙，并近距离观察过这个与自己年龄相仿的女子之后，忽然有种冲动，想要结识她，或者，与她成为朋友。这种念头，在美兰来到G城后，还从未有过，因为她很少主动结交陌生人，每日除了上班之外，便是回到家里看书画画，再或与刘志国吵吵嘴生生气，再多便是上网匿名写写博客微博，淘宝购买一些家居用品。至于找一个能够精神沟通的女伴，在她看来，是一种奢侈，也是一种对精力的消耗。

可是两个女人也足以凑成一台戏，再加上林淑的滔滔不绝很容易刺激美兰发一些言论，所以说着说着，便将秦笙的故事全都讲给了林淑。

林淑在电话里听了半天才开口说话：“美兰，你是不是觉得，秦笙破坏别人家庭，是理所应当啊？”

美兰吓了一跳，没想到自己对秦笙的一点护佑，在林淑这里有了如此大的反应，她赶紧圆场：“哎呀，你也太多心了，我只是说说自己对秦笙的直接感受而已，或许，我完全感受错了，人家根本就是一个浮花浪蕊也不一定。”

林淑恨恨道：“什么叫不一定啊？完全是！”

美兰朝旁边正收拾碗筷的刘志国吐吐舌头，安慰道：“别生气了，林淑姐！其实，如果她真的是个对感情认真的人，倒是有利呢，至少，她会好好考虑与康乔的事情，不会贸然行动，而且，我觉得姐夫也不会这么轻易就离婚的，他那只是说说气话，35岁的男人，没几个愿意抛弃掉到手的安稳家庭，另外开始一段婚姻的。”

林淑听不下去了，急急地丢一句“你等着，过几天我告诉你结果”便挂掉了。

一旁的刘志国边抹饭桌边道：“谁说35岁男人不想离婚另外开始啊？我们报社的办公室主任齐志高最近就离婚娶了一个85后，大家去喝喜酒，都说他老牛吃嫩草，有本事呢！”

美兰白他一眼：“那你到时候也做个吃嫩草的男人，像你们齐主任一样气质高、有本事去吧。”

刘志国立刻急了：“我又没说我是那样的男人，你焦虑什么啊！好像我马上也移情别恋了一样，说不定，到时候是你先出轨呢！”

美兰一转身进了书房，关了门，将刘志国一个人留在客厅里。

她坐在电脑桌前，胡乱看着八卦新闻，突然觉得同情林淑，想，两个人的日子都吵吵闹闹，有人插足的三个人的日子，应该是更痛苦吧。

几天后美兰经过省城最好的一所小学，在门口拥挤成堆的汽车里，看到一个小男孩扒着窗户跟外面一个小女孩说再见，那个小男孩，恰好就是林淑的儿子。美兰兴奋，以为碰到了林淑，赶紧穿过车辆，走过去，弯腰敲敲车窗，结果，却看到康乔转过脸来。

美兰惊讶，继而讪讪一笑，冲摇下车窗来的康乔道：“姐夫您好，我是美兰，林淑的朋友，还记得吧？”

康乔摆摆手：“当然记得，我们见过面嘛，你来这里有事吗？”

美兰摇头：“不，我恰好路过而已，嗯，林淑姐还好吧。”

康乔系上安全带：“挺好的，对了，要不，我们一起吃饭吧？回我们家，今天周五，想必你也没事。”

美兰连连摆手：“不了不了，我还有事要做，替我给林淑姐问个好，改天有时间我请你们一家三口出来喝茶。”

林淑的儿子淘淘记性很好，竟然还记得美兰，大喊一声：“美兰阿姨，我要你再请我和爸爸妈妈吃必胜客。”

美兰和康乔都笑，康乔道：“这孩子也就吃的这点出息。”

美兰看着前面等着的车开了，后面的也在不停地按喇叭，连忙道声再见，让开了道。

等康乔的车开走了，美兰才连忙掏出手机来，拨通了林淑的电话。

林淑那边大概正在做饭，听见锅里油在嗞嗞啦啦地响着，她的声音听起来很幸福：“嗨，美兰，吃饭没？如果没来我家吃吧！”

美兰佯装生气：“得了，你们一家人幸福着，哪还想得起我啊？”

林淑笑：“你怎么这么神机妙算啊，知道我最近婚姻有转机了？”

美兰“哼”一声：“我还知道现在你老公正在接你家淘淘的路上呢！”

林淑吃惊：“怎么，你遇到康乔了？他给你说了什么没有？尤其，是关于我们两个，或者，是你们学院的狐狸精秦笙。”

美兰道：“看你紧张的，我是在小学门口遇到康乔的，就打个招呼而已。对了，你不是说过几天告诉我结果吗？你究竟是怎么招回老公的魂魄的，给我分享一下经验。”

林淑得意笑道：“这算什么经验，不过是让我们家淘淘出面，警告一下这个偷吃桃子的男人，提醒他，现在他已经是一个8岁孩子的父亲，不是单身贵族了。不过，你倒是真猜对了，他说离婚，真是气话，今天他找借口说接淘淘放学，顺便回家吃饭，让我准备晚餐，所以我现在正手忙脚乱地收拾着。”

美兰知趣，忙道：“那你幸福着吧，改天我再找你，那个秦笙，我还会继续帮你监视着。”

林淑突然叹一口气：“这次也不知道是真的幸福还是假的，反正我也不想那么多了，他能示好，至少说明我们的婚姻，要比那个小三的新鲜刺激牢固得多。”

美兰又最后给她一句安慰：“别多想了，是你的就是你的，我相信康乔不会放下好端端的老婆孩子不要，另娶一个搞艺术的女人的，你不是说过吗？搞艺术的女人没有一个声名好的。”

林淑大笑：“这点儿仇你还记着啊，好吧，改天我请客，赔罪，不过现在我先忙了哈，锅里的菜都要糊了。”

林淑挂了电话，美兰竟是有些惆怅，她想起林淑的一句话来，孩子是婚姻的有力黏合剂，她果然是这句话的实践者，25岁就生下了孩子。她还多次劝美兰赶紧结婚生子，否则一过三十，情感淡了，很容易就离婚的，尤其是现在的80后一代，离婚率比起他们70后的来，高得多！如果没有个孩子束缚着，一有点儿风吹草动，就会乱了军心的。

可是而今的美兰，尽管28岁了，却依然觉得婚姻和孩子，离自己还很远很远，远到她连双方父母早就在商讨的结婚喜宴，还没有想过该如何去办。

第四章　宝马校园撞人事件

自从上次陈大力醉酒对美兰说了一番“私念”的胡话之后，陈大力似乎刻意地对美兰保持了距离，而美兰也是，没有什么事情，她基本上完课就赶紧溜走，有事也是通过电话与教学秘书李琴联系。

不过这天陈大力还是在走廊里拦住了她，说：“美兰，下课后到办公室来一趟，有点事商量。”

美兰听了吓一跳，想，不知是什么事，而且，他还用“商量”这个字眼。上次学生闹事事件，她已经处理好了啊，光是跟学生家长电话交涉，就费了不少脑细胞，更别提因为去医院看学生，耽误了回家做饭，跟刘志国吵过几次架了。结果翻来覆去想了两节课，讲课差一点儿走了神，也没想出来究竟是哪儿又“招惹”了陈大力了。

到陈大力办公室的时候，李琴正和陈大力控诉一个学生的罪行，是油画班的某个女生，天天谈情说爱，旷课五十多节，让学生叫家长来，竟然开口说自己爹妈都死了，回头电话一调查，她爹妈都身体健康好端端工作着呢。美兰听了忍不住想笑，又觉得不妥，只好靠边站着，等陈大力开口召唤自己。

李琴走了又来一个学生，问论文答辩安排的事，陈大力处理完了，才似乎想起美兰来，抬头看一眼她，又回到他的文件堆里，嘴上却开了口：“哦，美兰，你这学期忙不忙？”

美兰不知该如何回答，说不忙，陈大力会觉得自己不好好工作，说忙呢，陈大力如果安排什么事给自己，又会觉得自己不服从组织安排。迅速想了几秒钟，美兰只好圆滑道：“嗯，还好，系里安排的各项工作我都会尽最大努力认真完成的。”说完了美兰又觉得自己世俗了，怎么在领导面前就学会表功了呢？

陈大力又抬头看她，这次，带了一点笑容：“那么，你有时间帮常青老师当大二油画班的班主任吗？她请产假了，这个班就暂时没有人接管。”

美兰心里想，自己能不答应吗？就是让她上刀山下火海，她也得去吧，谁让陈大力是领导，而她只是一个小兵，而且，是新来的小兵呢。

这样想着，美兰便笑着点头答应："当然可以，这个班的班长电话告诉我一下吧，这两天我就跟学生们见一面，开个班会交接一下事情。"

陈大力将手头一沓资料递过来，美兰看了看，里面有学生点名册，联系信息等等，翻到最后，竟然还有一张严重警告的处分通知，上面那个倒霉的学生，恰好是刚才李琴提及的女生，美兰当下心里一惊，想，这大概是个不好管理的班，否则，陈大力怎么不推给别人，偏偏给她？明摆着就是欺负她新来的，说好听点是锻炼锻炼，说不好听，就是让她吃点苦头，消消她的锐气。

美兰当然不会说什么，要是表现出不乐意的话，陈大力或许会拿评职称这事压过来，美兰刚来的时候，还不太懂得哪些是应该做的，哪些不应该，所以偶尔会问问陈大力，是不是这个所有的老师都必须做，陈大力常常就将脸一板，说："当然，如果想评职称，必须做！"后来美兰渐渐熟悉了学院的规章制度和职称评定依据，陈大力也便不再动不动以此作要挟了，不过他不说，并不代表到时真的评职称的时候，他不会中间说话，将经常拍他马屁的张杰等人，代替美兰，评上副教授。

美兰如果惧怕陈大力的话，大概，也就是在评职称上。她的一些博士同学，在刚刚工作的时候，就自动晋升为副教授，而美兰所在的大学，则规定博士在一年后才有资格参评副高职称。不过即便是如此，美兰也担心陈大力到时候会拿一些条条框框来卡她，比如，她没有像别的年轻教师那样当班主任这一条，或许就可能成为其一。

陈大力看美兰翻完了，便轻咳两声，然后道："你也看到了，美兰，刚刚这班有个女生，得了严重警告处分，所以你要采取些措施，严厉管束他们，否则，到时再出事，可就会归为你的责任，尤其，是那些不学无术的漂亮女生们。"

美兰点头："嗯，知道了，陈主任，如果没事，我先回去了。"

陈大力却装作若无其事地，又加了一句："我看到走廊墙壁上新展出的学生作品，大部分都是你辅导的，挺不错，继续努力。"

美兰惊诧一声，随即恢复到平静表情，附和道："嗯，放心，陈主任，我会的。"

美兰虚掩上陈大力的办公室门之后，才长吁了一口气，好像刚才在有淤泥的河水里，憋气待了好久，这会儿才得以浮上水面。穿过走廊的时候，她无意中扫到墙上自己和唐放忙了许多天，才弄好的学生作品展，想起刚刚陈大力说这句话时意味深长的表情，突然觉得，他心里的私念，或许，并不是一句醉话。

美兰顺路拐到二楼的油画班教室，透过窗户看了一眼。里面唐放正在上课，她听见有女生在放肆地大笑，唐放并未责怪，或许，是他很宠爱那个女生，才让女生放肆的吧。美兰这样一想，脸竟是有些红，唐放宠爱哪个学生，跟她有什么关系呢？如果要吃醋，顶多是女生们之间会吧。可是她竟然还真的心里有些酸酸的，好像这样在唐放身边大笑的，应该是她才对。

按照规定，老师们必须每学期听够6节别的同事的课，但一般同事，没有人愿意让外人去听课，因为那意味着要么露丑，要么需要遮羞，总之，要比平时多下一点力气去备课和讲课，全然不像一个人那样放松。所以美兰在提出去听唐放的课，被笑着拒绝后，便再也不好意思提这回事。不过她知道唐放这学期有公开课，她自己当然也有，所以到时她依然可以在讲台下，像一个女学生一样，仰头看着台上的唐放，用很浑厚很低沉的声音，讲她喜欢的油画史。

此刻，她站在门口听着，唐放正讲色彩在绘画中的表现力，他提到美兰恰好最喜欢的蓝色，他说：“蓝色在作品中，具有双重的生命，它可以用来表现忧郁和孤独，像一个人注视着的大海，或者空旷的蓝天，因为广、阔、远，而反映到人的内心世界，反而闭锁幽暗起来；同样，蓝色也可以用来表现纯净与清澈，像婴儿的眼睛，或者宝石的光泽，外界的任何尘埃，都无力阻挡这样的透明与干净，你在看到的时候，会内心安静，好似沐浴在天国的阳光之中，或者春天湿漉漉的晨曦里，你的周围，不染一粒尘埃……”

如果不是在走廊里站着，美兰差不多要给唐放如此精彩的讲课，鼓起掌来。不过一不小心，她还是碰了门一下，而且，那门，“吱呀”一声，竟是自己开了。

美兰想躲都来不及了，唐放走了出来，而且一探头，就看到了后门口站着的她。

唐放冲她笑起来：“嘿，美兰，想欣赏唐老师的课，就直接进来嘛，干吗这么刻苦，站在门口偷听呢。”

美兰羞红了脸，小声道：“别开我玩笑了，我是恰好路过这里，因为以后我要接替请产假的常青老师，成为这个班的班主任了，所以，过来看看学生们是否听话，别一上来就给我个下马威。”

唐放狡黠道：“那更应该进来听一会儿我的课，看看你的学生们的反应了。”

美兰俏皮道：“那我可就不客气了。”

唐放做了一个请的手势，美兰却跑到后门口，推开虚掩的门，找了一个空位置，坐了下来。

重新踏上讲台的唐放，反而失去了刚才的神采飞扬，他的视线，因为总是扫到美兰这边来，而显得飘忽不定。美兰这才后悔进来听课，觉得一定是自己扰乱了唐放的思路。而且，她也觉出有几个女生，对自己的闯入，好像不满，频频地顺着唐放的视线，回头看她。美兰只好低下头，在纸上随便画着什么，画到最后，才猛然停了笔，因为她发现自己竟然画了一张唐放的素描。

还剩下5分钟的时候，唐放突然叫了美兰的名字，美兰吓了一跳，像学生时代走神了一样，慌慌地站起来，却不知要做什么。

唐放朝她招手，示意她走到讲台上来。美兰只好穿过学生横七竖八的桌椅，走了过去。与几个女生擦肩而过的时候，美兰明显感觉到她们不怀好意的注视和嘀咕。

等到美兰朝着下面的学生们站定了，唐放才开了口："同学们，你们的班主任常青老师回家休产假了，所以呢，以后就由美兰老师来给大家担任班主任。美兰老师是全国最高等美院毕业的博士，许多油画和设计作品都获过全国的大奖，虽然她来我们这里工作不到一年，但却因为学识的渊博和工作的敬业，而受到了所有老师和学生的好评，所以，能有这样的老师做班主任，应该是一件荣幸的事，我相信美兰老师的到来，会让我们这个班集体，变得更加团结和温暖。”

这番话换来了台下热烈的掌声。美兰羞涩地抬起头来，发现刚刚几个女生眼里的嫉妒，这会儿，更加浓了。只不过，跟刚才带有的敌意相比，此刻的嫉妒，是一种无力可及的嫉妒。

美兰和唐放走出教室老远了，才嬉笑道：“你可真是一个天生的演讲家，什么事情到你嘴里，就吹嘘得合情合理，你没看那几个漂亮小女生，听得眼睛都亮了。”

唐放吹出一串得意欢快的口哨，美兰听出来，是罗大佑唱的《童年》，吹了好一阵，他才停下，道：“我当然看到了，而且我还看到一个大女生，听得眼睛更亮呢。”

美兰忍不住给了唐放的后背几个柔软的拳头：“拍你几句马屁而已，你还真骄傲起来了啊？”

唐放打开车门，坐进去，笑道：“刚才我在讲台上拍你几句马屁，你不也是骄傲得脸都绯红了吗？”

美兰哭笑不得：“我那纯粹是羞的，为你夸人没边没沿而羞，是害臊，不是骄傲，你懂不懂啊？”

唐放突然一本正经，看她一眼：“不懂。但是，很想弄懂，真的，亲爱的美兰老师。”

美兰看着他眼睛里一抹可以让人飘忽起来的温暖，想要躲开，却觉得，自己正朝那柔软的泥里，一点一点，陷下去。

美兰的第一次班会，有一点儿像法庭宣判大会，因为她连着念了几个学院对学生的警告处分，其中一个严重警告，当然是给那个撒谎说自己爹妈死了的女生的，美兰看见一个有点儿像舒淇一样又性感又纯真的女生站起来时，愣了一下，她没有想到这样一个看上去并不具有攻击力的女孩，会说出那么恶毒的谎言来。她很仔细地看了看她的名字：李小濛。

美兰的班会，之所以全安排成念警告处分，不外乎是给学生一个下马威，让他们知道学院的规章制度，不是说着玩的，如果有一次严重警告，那么就意味着毕业都有困难。而且，在翻阅了以前学院的处分记录之后，美兰还发现，这一级油画班的学生，有好几个难挑的刺，刚刚大二，就胆大包天，翻墙头，夜不归宿，打群架，吸烟喝酒泡妞，无所不干。如果读到了大四，不知道还有谁能管得了他们。

当然，恩威并重，美兰还将自己出版过的一本画册，留在班长那里，让全班同学翻着看看，名为学习，其实是想让他们明白，这个新的班主任，不是一无是处，至少，有比他们强大的地方。美兰注意到，下面一些学生在传着翻了她的画册之后，果然再抬头，视线就多了几分敬重和仰慕。这，正好是美兰所需要的。

不过还是有那么一小撮人，比如那个李小濛，就根本对美兰不屑一顾，照例低头发着短信，好像美兰在上面刚刚念的严重警告处分，根本就与她无关。她发短信的时候，手上戴的银镯还发出轻微的碰撞声，叮叮当当地，听起来悦耳，可是落在美兰的耳朵里，却是一种强悍的抗拒的噪音。

美兰看她一眼，想，好，主动朝枪头上来撞，那么，就别怪我扣动扳机了。

班会结束后，美兰就将李小濛留了下来。正是春天的傍晚，夕阳透过窗户，斜斜地照射进来，教室里的桌椅，连同李小濛，都罩在薄而亮的余光里，有一点像美兰画过的一幅油画，世界在那一刻，是虚幻的，飘浮的。美兰觉得侧身站在光线里的李小濛，淡而冷的样子，像极了10年前的自己。那时，她也是这样不合群，找不到伴儿。只是，李小濛比她幸运，她没有女伴儿，她有许多的男性朋友。有时她和他们谈谈恋爱，有时，就逃课去看电影，消解一下寂寞。至于爱情，不过是可有可无的东西。

这些当然是美兰从其他学生口中，旁敲侧击地打听到的。不过关于李小濛的家庭，她只知道，父母都在政府部门上班，按理说，是稳定安逸的，可是，李小濛撒谎说自己父母死掉，还是让美兰有些费解。

美兰打算从李小濛口中，再多了解些东西。她隔着一张书桌，在李小濛的对面，坐了下来。李小濛口里嚼着口香糖，抬头看美兰一眼，慢腾腾道："你有事就快点说吧，我男朋友正在楼下等我去吃饭呢。"

美兰好像被什么东西噎了一下，她还是第一次遇到这样既不称呼她老师，也不称呼她"您"的学生。90后一代，虽然比她这80后一代个性得多，但对老师如此轻慢，还是让她有些无法忍受。

停了片刻，调整一下脸上的情绪，美兰看着李小濛手中很是豪华的手机笑道："小濛，你的手机很漂亮，不过，还是你人更美。"

李小濛听到这句话，从手机短信里很诧异地抬起头来，与美兰对视了一眼。美兰用微笑回应她的注视，并期待听到一句来自李小濛的"甜言蜜语"。

李小濛笑了笑，不过，这笑里没有多少善意，美兰完全看得出来。她果然不买账："你不用拍马，我长什么样，我自己知道，如果你还想就我得了严重警告处分发表点儿意见，那就赶紧说吧，我洗耳恭听。"

美兰心里腾地升起一股子气，她想不明白，这场审判，怎么发展到最后，自己成了灰头土脸的被告，李小濛反倒成了不可一世的法官。

教室里一时间安静下来，美兰不知道该说些什么，她觉得似乎说什么都是多余，都没有用处。她想自己何必这么费力地劝阻一个女孩呢，她有她的人生道路，是对是错，都与自己无关。

这样一想，美兰就不再焦灼地想要得到一个答案，只低头在纸上写下一个电子邮箱地址，而后递给李小濛："其实我也不想说什么对错是非，每个人的道路，都是自己选择的，也必定由自己负责，旁人不过是路边的枝条，偶尔能刮一下你的衣袖，但却拦不住你前行的双腿。所以，你去找你的男朋友吧，有什么烦恼，给我写信到这里。"

美兰起身的时候，注意到李小濛的眼睛里，有一丝的忧伤掠过，尽管极浅极淡，可还是被她捕捉到了。

李小濛所说的男朋友，美兰在楼门口碰到，留了很艺术的长发，但明显看出来，脑子里并不艺术范儿，大概是一个有钱没文化的富二代，开一辆美兰认不出牌子来的车，看李小濛坐稳了，"嗖"一下从美兰身边飞过去，美兰听到李小濛有些放肆的笑声，刀子一样，划过耳膜。

几天后唐放遇到美兰，告诉她，李小濛又是连续旷课几天，让她最好跟李小濛的家长沟通一下，否则，将来闹出事来，怕是要美兰承担一部分责任。

美兰想起上次学生流血事件来，有点害怕了，不知道该如何做才好。想着真出了事，即便是陈大力不来找她的麻烦，今年评职称，或者副院长陆卫东，也不会放过她。这样一想，她赶紧去李琴那里查找到李小濛父母的手机号码，打算从源头寻到制止李小濛旷课的办法。

美兰先拨通了李小濛父亲的电话，那边是个男中音，似乎在忙，语气里有些不耐烦，在美兰报上自己的身份后，他的嗓音，也没有缓和下来，而是依然急急地问美兰究竟什么事情。美兰只好如实相告，说，希望他们能够配合学校，关心一下李小濛的学业，否则，如果到最后她被留级或者开除了，对谁都不好。

说到这里，李小濛父亲的声音，才稍稍有些缓和，让美兰多费些心思，说李小濛这个孩子，从小不在父母身边长大，有些叛逆，读中学时逃课就是家常便饭了。好不容易盼她读了大学，本以为可以放心了，不想她又频繁恋爱，有一次还将男生带到家里来了。他工作忙，除了给她钱花，在其他方面，给不了李小濛任何的弥补，所以，即便知道她犯错了，做父亲的，也不好开口批她，怕自己一开口，她将那些被父母冷落的过去，一件一件晾晒出来，让他难堪。

不过美兰从李小濛的母亲那里，了解到的，却是另外的一个版本。电话里李小濛母亲的声音有些慵懒，好像对生活提不起一点兴趣，又好像刚刚从睡梦中醒来。那种慵懒，让美兰猜测李小濛一定是跟她母亲更像一些。李小濛的母亲告诉美兰，李小濛其实是一个很乖的孩子，只是在父母离婚后，突然变得不怎么爱回家，常常在同学家里过夜。讲到这里，李小濛的母亲又插了一句，他们离婚，完全是因为李小濛的父亲在外面有了新的女人，而这个女人，恰好是李小濛的高中语文老师。

美兰没好意思问李小濛的母亲现在是否也另外有了新的家庭，但猜测她应该不会独身一人，因为她无意中说到，李小濛放假也不常去她那里，还是到奶奶家住，或者，干脆不回家，住在学校里。

事实上，放假后的李小濛，据她的同学讲，根本不在学校里住，而是在外面租了房子，与不同的男友“鬼混”在一起。鬼混这个词，是班上某个长了一张大胖脸的班干部女生说的。那女学生，明显是不喜欢李小濛的，她说，班里没有几个女生喜欢李小濛，这一点，美兰倒是真的相信，就像她相信班里没有一个女生，比李小濛更让男生们欲罢不能一样。

而从李琴那里听来的一件事，更是让美兰惊讶李小濛蛊惑人心的能力，据说她刚刚来上大学，就喜欢上了文学院的一个过来做讲座的年轻老师，三番五次跑到那男老师办公室去求爱，好在那男老师定力强大，当然，也主要是他有了女朋友，而且，马上要结婚了，所以，才拒绝了李小濛的追求。据说李小濛第二天就找了一个新的男朋友，从那男老师面前骄傲地走过。

这些事情综合起来，并没有让美兰像别的老师那样，将李小濛乱棍打死，觉得她再犯一个错误，就是失足少女了。美兰反而觉得，李小濛这样的经历，让她蒙上了一层极具诱惑力的面纱，那面纱上沾有毒药，每一个路过的男生或者男人，明明知道会因此窒息甚至死亡，可还是禁不住那新鲜的诱惑，走近她，想要掀开面纱，吻她一下。

美兰看过李小濛的一些作业，素描或者油画，里面几乎都蕴含着一种危险邪恶又单纯美好的气息，犹如罂粟的花朵。美兰总是忍不住想要靠近，剥开层层艳丽炽热的色彩，看到隐藏在后面的李小濛的心。

李小濛尽管逃课，可是她的成绩却并不是太差。用陈大力的话说，幸好她专业够好，否则，铁定被判留级，而不是严重警告处分。这或许，也是女生们，嫉妒李小濛的另外一个原因。漂亮，骄傲，能够频繁更换男友，而且，都有钱有车，可以满足女孩子的物质欲望，不来上课却依然考试能够及格，这样的女孩，即便是在艺术学院，又有几个呢？

就在美兰觉得她掌握的资料，足够让她有信心给予李小濛教育的时候，李小濛却很不幸地，被副院长陆卫东给揪住了尾巴。

陆卫东是在校园里跟李小濛相遇的。确切地说，是陆卫东的大众车跟李小濛乘坐的宝马相遇了，而且，是发生了刮擦，陆卫东的大众将宝马给划了难看的一道。

这事发生的地点，离艺术学院的教学楼不远。所以，当李小濛车里的司机，更确切点说是暂时性男友，探出头来不管三七二十一，破口大骂的时候，陆卫东立刻断定，车里坐着的那个一脸青涩却打扮时尚的女孩，是艺术学院的学生。

李小濛肯定是认识陆卫东的，只是她的那个痞性十足的富二代男友，不是本校的学生，对陆卫东并不买账，见自己锃亮的宝马被刮出一道痕来，立刻开门，冲上前去，揪出陆卫东来就要用拳头理论。陆卫东西装革履，不跟小人动粗，也大概没有受过如此礼遇，因此脸立刻涨得猪肝一样红紫。

李小濛也没有经验，摇开车窗看到外面是陆卫东，吓住了，只顾失声叫男友的名字，却忘了她这一惊，立刻暴露了自己的身份。

陆卫东很快镇定下来，朝着李小濛一招手，道："你是大几的，哪个班的，班主任是谁？"

这几个问题一出来，李小濛就结巴了，心里一慌，没报上自己的名字，却独独将班主任美兰的名字，给抖了出来。

陆卫东整整衣领，很平静地冲李小濛道："好，我记住了，你们可以走了。你的车的划痕我们按保险走。"

美兰在事情发生的十几分钟后，就接到了陈大力的电话，说，下午到陆院长办公室去一趟。

陈大力当然没忘了将事情的经过，给美兰也描述了一遍，意思明了，提醒她做好心理准备，有备无患，别到了什么都不知道，惹得陆卫东火上浇油。

陈大力一提宝马，美兰就知道说的一定是李小濛。艺术学院里，很多学生，尤其是女生，都有名车可乘，要么，是自己家的，要么，是男友家的，反正，这些学生的车，牌子和样式，跟老师的相比，毫不逊色。每天美兰经过学院门口的停车场，看到车里走出的青葱的面孔，总会觉得自己老了，她记得读大学时，刘志国常常骑一辆自行车，带她去校外兜风，而且，还是从二手市场上买来的旧自行车。而今两个人也暂时没有能力买上汽车，尽管她并不羡慕有车族，觉得打车或者乘坐公交，更为省心方便，至少不用愁停车和油价上涨的问题，可是每每路过学院的停车场，看到她的学生们从车里探出头来，跟她打招呼，又问，要不要载她一程时，她还是觉得有些尴尬，讲台上的神采飞扬，也全部消失殆尽。

美兰觉得自己真是倒霉透顶，刚刚被陈大力抓住了学生打架流血事件，当了还没有一个月的班主任，又招惹上了副院长陆卫东。

在美兰的心里，副院长陆卫东可没有院长钱江好惹。或许，因为钱江院长是搞油画出身的，跟美兰算是同行，尽管不代课了，可还是关心画界新闻，招聘的时候，也看过美兰获奖的作品，所以还是很欣赏美兰的才学。可陆卫东完全是外行，据说搞过一阵摄影，但水平一般，不过他还是凭借一张能说会道的嘴和厉害的人际交往能力，迅速地成了学院的二把手，而且，不是负责后勤，也不是负责外事接待，而是负责直接与老师们职称评审及教学评估相关的教学事宜。

所以接到陈大力的电话，美兰心里一下子慌了，既忘了陈大力的领导身份，也忘了他曾经有过的一点小私念，只带着点哭腔，问陈大力她应该怎么办。又说，其实她早就找李小濛谈过话了，只是她自从得了学校的严重警告处分，变得更加破罐子破摔，连她都没有办法收拾了。

不知是不是美兰的楚楚可怜起到了作用，陈大力这次的语气，很明显比以前缓和，甚至，他还安慰了美兰两句，说：“李小濛的情况其实陆院长也早就知道了，他大概只是想要进一步了解一些李小濛的情况，你还是尽量朝好处说，不要将李小濛一棍子打死，毕竟这事，李小濛也只是旁观，只不过她恰好坐在了肇事者的车上，而且，是宝马车。”

陈大力这一番话，让美兰一下子冷静下来，明白了陆卫东之所以生气的根本原因，并不是因为李小濛，而是因为李小濛的男朋友，开了一辆宝马，而且，还气焰嚣张，将他给得罪了。那么，她去见陆卫东的重任，就在于替李小濛，也是变相地替自己解围，撇清责任。甚至，她还想到，应该将责任归于门卫，因为是他们让校外的车，随便出入的，再继续推，便是保卫处处长，总之，这事与美兰对李小濛的教育，并没有多少的关系。因为她完全无法阻止李小濛去坐宝马车，并找一个有宝马车的富二代或者官二代做男朋友。

想到这里，美兰立刻找到李小濛的手机号码，她觉得很有必要的一件事，就是调查清楚李小濛的男友究竟是官二代还是富二代，又是哪个大官哪个大款的后代。

因为如果是一个小官小款，他怎么就有那么嚣张的气焰，敢去揪住一个明显是老师的人呢？

李小濛的手机拨通的时候，美兰听出她的声音明显有些紧张。果然，李小濛对招惹了陆卫东的事供认不讳，但她并没有请求美兰替她说情，不过，美兰还是从她不再似以前那样骄傲放肆的语气里，听出她有些怕了：毕竟，再来一次处分，按照学校惯例，要留级，甚至要开除学籍的。

美兰的语气，故意冷静而且克制，不像第一次与她谈话那样，温柔，还带着一点儿讨好。她公事公办地问李小濛："陆院长让了解一下你男朋友是做什么的，叫什么名字，他父母在哪儿工作，还麻烦你如实相告，因为，我们需要调查真相。"

李小濛果然乖乖地回答了美兰的问题："其实，我也对他不是太了解，因为，我们，我们才刚刚认识一个多月，只知道他家住在省委大院里，他的父母在省委大楼里上班，都是官员，他的亲戚，也全都在北京政府部门工作，他在师大读书，哦，他的名字，叫马特。"

美兰见到陆卫东的时候，他正夹着一根中华烟，抽得办公室里烟雾缭绕。美兰特地打扮了一番，想着应该从视觉上，让陆卫东心平气和一些，所以穿了一件田园小诗般风格的裙子和上衣。陆卫东见到她，果然很认真地将美兰从上到下看了一眼。或许是这一眼的力量，让他的语气，变得缓和下来，至少，并没有美兰想象中的大发雷霆。

陆卫东甚至还指指旁边的沙发，道：“美兰老师吧，我们坐下聊聊你们班李小濛的事。”

美兰不好不坐，也不好放松地坐下，便规规矩矩地坐在了陆卫东斜对面的沙发一角上，又稍稍紧张地拢了拢裙子。

陆卫东在水晶色的烟灰缸上，掸了掸烟，又用力抽了一口，而后徐徐吐出来，这才接着说下一句话：“我从陈大力主任那里听说了，这个李小濛，刚刚得了一个严重警告处分，所以大概虱子多了不怕痒，照样气焰嚣张，她最近傍上的这个宝马男，也不知是个什么来头。”

美兰小心翼翼看了陆卫东一眼，试探着回答道：“我也只是听说，好像是省委大院里的孩子，官二代，不学无术又天不怕地不怕，所以，这样的学生，其实管与不管，都没有多少区别，因为他们从小就是在那样霸道的环境里长大的。”

陆卫东竟然表示附和地点点头：“嗯，我每天开车经过省委大院，基本上，没见过几个礼貌谦恭的孩子，不过这个李小濛，不是什么官二代或者富二代吧？”

美兰赶紧解释：“李小濛是单亲家庭的孩子，父母很早离异，无人看管，就导致个性张扬放任，她专业还不错，只是长期养成的性格，很难一时间改过来，听说，这是她刚刚换的一个男朋友，她大概太缺乏父母关爱了，所以才从谈恋爱中，获取一点外人的注意。”

陆卫东笑道：“美兰老师还挺懂得教育心理学嘛，对这两个出身不同的90后的分析，都很到位。”

美兰看出陆卫东不是讽刺她，便在心里松了一口气，想，总算不用担心陆卫东会小心眼到连李小濛带她自己，一块儿算计怀恨着了。

不过陆卫东掐灭了手中的烟头，还是说了一句让美兰有些拿不准意思的话：“美兰老师刚刚来，对学校的规章制度或许还不是太了解，作为班主任，以后要全面了解学生行踪，不要让学生在外租房同居，尤其是刚刚大二的学生，如果现在就私自外出，夜不归宿，出了事，我们都不好承担，这事呢，看似小，但里面隐含的危险的苗头，还是可以看出来，如果哪天李小濛因为恋爱问题出了事情，这事就大了。”

美兰心里“咯噔”一下，但脸上却还是很谦逊地笑笑，说：“嗯，陆院长说得很对，我回去就找李小濛谈话，也在班里开一次班会，将全班学生的行踪，调查清楚，并规范好外出请假等事宜。”

陆卫东淡淡地点了一下头，也不起身，但示意美兰可以走了。美兰忙忙地道声再见，给陆卫东鞠了一躬，便逃似地离开了陆卫东的办公室。

美兰打上车，等车又行了10分钟，才掏出手机，找到唐放的号码，刚刚要拨的时候，又觉得跟他商量这事，似乎不太妥当，便转而拨打了林淑的手机。

将整件事的原委简单说清之后，美兰问林淑：“你说，他那一番话，是什么意思啊，是不是让我给他送礼呢？”林淑想了片刻，问美兰：“你来了之后，有没有给他送过礼？”

美兰不明白：“没事我送礼给他干吗呢，我找工作是凭的我的真本事，再说了，我又不想当什么主任处长，没有必要讨好他不是？”

林淑笑：“那就是你的不对了，当官的不收礼，多寂寞啊，别看他是个小院长，还是个副的，收礼的心可野着呢，他又没有本事像别的老师那样画画跳舞唱歌有外快可挣，你说一个没有什么专业特长又申请不到什么有钱项目的平庸副院长，他再不依靠收礼挣点小钱，还不被老婆孩子给笑话死啊？”

美兰叹气：“那你的意思是让我给他现在送礼？”

林淑想了片刻："也未必就一定是现在，他那话明摆着就是让你对他重视点，别来了大半年了，还没表示过什么，哪怕是一点小意思也好。你就找个机会，给他送点特产之类的东西。总之呢，别让他觉得你瞧不上他这个副院长就行。"

回家后美兰将林淑的意思转达给了刘志国，他听了只丢下一句："你早该给他送的，现在事来了才送，他不说你才怪呢。不过也不能多送，让他觉得好像你多有钱似的，就拿点地方特产就行，不行就让你爸妈快递点江西特产来，改天送过去。"

美兰不明白："那送礼怎么才叫多，怎么才叫少呢？"

刘志国嘿嘿一笑："这门学问太大，我还真搞不太明白，不过我们单位主任齐志高应该很内行，他说以前在一破落事业单位工作的时候，他们领导一觉得缺吃少穿了，就冲他发脾气，对他的工作百般挑刺，以此暗示他该送礼打点了。"

美兰笑得将手中的芹菜扔到垃圾筐里，只留下了叶子在手中。

刘志国帮她捡起芹菜来，开玩笑道："等我什么时候成了领导，怕是你天天得忙着将过期的礼品扔到垃圾筐里去。"

美兰没搭他的茬，只后悔道：“刚才电话，怎么就忘了问问林淑和老公好没好呢，唉，我总是这么自私，只想着自己的事麻烦她，不记得安慰她的痛苦。”

刘志国道：“行了，你能管好自己的事就不错了，别人的事，还是少掺和进去。”

美兰白他一眼：“好歹她也是我来你们这里认识的第一个朋友，当初我孤单，她有事没事就陪我聊天，这些你不也知道吗？”

刘志国着急：“她那是有钱闲得，你能跟她比吗？有时间还不如带几个学生挣点钱将来帮我还贷，非得申请什么课题，学院里还缺你这个理论人才不成，那点课题经费，又耗时间又耗精力的，也不知道你怎么想的！”

美兰恨恨地将芹菜叶子扔进垃圾筐里，不再搭理刘志国。

第五章　申请省级课题事件

美兰没有像刘志国建议的那样，让父母快递特产给她，她不想让父母觉得自己事事还都要依靠家里，千里迢迢，送点礼物，身边的男人都得让从自己老家带。她直接在淘宝网上买了三百元的庐山云雾茶，就她了解到的，这种茶是全国十大名茶之一，曾经被写《茶经》的陆羽极为推崇，而且，宋代还被列为贡品。当然，这些都是历史，但美兰觉得，送礼之前，她有必要将送礼的每一个细节都了解清楚，以备陆卫东问起来的时候，有话可说，总不能让陆卫东以为这茶毫无特色吧，就像古代大臣进献宝物给皇帝的时候，一定会将宝物说得天花乱坠。尽管，陆卫东他不是什么皇帝，连七品县官也算不上。

茶叶三天后便快递来了，怕质量不好，美兰还特地多买了一点，可以自己提前品尝一下。看着泡好的茶缭绕出熟悉的馨香味道来，美兰的眼睛，竟是有些湿润了，她想起好长时间没有给父母打电话了，便很快拿起手机拨通了父亲的电话。

美兰的老家在九江下面的一个小县城里，靠山吃山，靠水吃水，父亲快60岁的人了，还每天去江边贩鱼到县城里卖。美兰打通电话的时候，听见那边一片叫卖声，便知道父亲正在出摊。

因为吵嚷，父亲的声音很大："美兰，你吃饭了吗？"

美兰也不自觉地提高了嗓门："没呢，爸！志国还没有下班，我不坐班，所以在家待着。"

父亲明显因为来买鱼的顾客，有些心不在焉，跟一个顾客喊了一句："都是最新鲜的鱼呢！"便又离近了手机，大声问美兰："你刚才说什么呢？"

美兰有些不太想说话了，便回复父亲："爸，没事，就是问候一下你和妈，改天晚上我再给你和妈打，你让妈多注意身体。"

父亲大概在忙着给顾客拿鱼，所以匆匆撂下一个"好"字，便挂断了。

美兰举着手机惆怅了片刻，喝下一口茶，想，明天上午，去学校将茶叶给陆卫东送过去吧。

美兰还是第一次给人送礼，当然，以前给自己导师送礼物不算，那都是她自愿的，而且，带着一种敬意，跟送自己爸妈礼物的感觉，相差无几。这次送礼怕被人看见，她还在外面套了一个用来盛放衣服的纸袋，但觉得还是有些显眼，便又罩了一层黑色的塑料袋子。不过是一斤茶叶，分成了两盒来装，但因为包装精美，还是占去了很大一个地方，所以美兰的手提包里完全盛不下，只能用手拎着。

好在旧校区人并不多，老师们也不坐班，在旧校区上课的又基本都是音乐和舞蹈系的，所以她也不太担心遇到同事。不过，因为行政部门大部分还在老校区上班，所以她非常怕遇到别的领导，比如人事处的谭处长，就在陆卫东办公室斜对门，而钱江院长的办公室，虽然拐个弯才到，可是，毕竟也在同一个走廊上，万一他们中的谁去上厕所，恰好遇到美兰，看她一脸惊慌的样子，再低头瞥见她手里提的可疑的黑袋子，肯定就猜出她是来干什么的了。

一想到这些，美兰还真的觉得自己像个心虚的贼一样。美兰不敢电话给陆卫东，送到家里去，就自己这点礼，又不是艺考生爹妈们送的几万现金，就是她想去，陆卫东也不让吧。领导的家门，可不像她儿时在乡下邻居家的院子，根本不需要打什么招呼，翻墙都可以过去。所以当林淑建议她送到家里时，美兰立刻就否定了，登办公室门都没有勇气，进陆卫东的家门，她更是连口都开不了。

美兰一紧张害怕就尿频，好在走廊的尽头，是厕所，而陆卫东的办公室，离厕所也不算太远，所以她只瞥了一眼陆卫东的门虚掩着，便躲进了女厕所。

小便完后，美兰对着厕所里的镜子，看了好大一会儿，确信自己心跳得不是太厉害了，才将茶叶外面的两个袋子去掉，而后鼓足了勇气，打开厕所门，紧走了十几步，在陆卫东办公室门口站定了。

在听到里面寂静无声，没有别的老师或者领导汇报工作之后，美兰举手轻轻叩了叩陆卫东的门。很快里面传出陆卫东的声音："请进。"

美兰推开门，朝陆卫东点头笑笑，而后又及时地将门在身后关上。

美兰将有着精美包装的茶叶放在离陆卫东一米远的地方，确信他能够看到上面的字后，才小心翼翼笑道："嗯，陆院长，这是我特地让我父母给您捎来的庐山云雾茶，是我们九江的特产，有不错的口感，您先尝尝，如果觉得好，我以后回家，再给您带点儿来。"

陆卫东放下手中正看的一本摄影书，笑眯眯道：

“谢谢美兰老师的好意，坐下聊会儿吧。”

美兰没有坐下，而是快速地转移了话题：“陆院长，我已经找李小濛谈过话了，她平时晚上还都是在宿舍住的，我会再给她多做做思想工作，尽量让她树立一个好的爱情观，将精力转移到学业中来。”

陆卫东放下书，满意地点点头：“嗯，不错，艺术学院的学生，个性太强，这我们都是知道的，所以美兰老师平时还得多费些心，多做做他们的思想工作，只有工作在平时，关键时刻才能显出学生素质嘛。”

美兰连连点头，并赶紧借这句总结道别：“陆院长，不打扰您了，您先忙，我走了。”

让美兰没有想到的是，平时连欠身都不欠一下的陆卫东，这次竟然站起身来，将美兰送到了门口，这让美兰几乎有些受宠若惊了。

美兰出了校门，在站牌下耐心等公交车来。上车后，她挤在人群里，又被晃得小船一样，左摇右摆，但她看着外面拥挤着的车辆，还是觉得，这个世界，这一刻，是疏朗敞亮的。

美兰没想到，几天后，她又一次进了陆卫东的办公室，只是这一次，是因为申请的课题需要签字。

美兰这次申请的是省里的课题。通知下来好长时间了，也不知道是陈大力忘了，还是对自己下属能申请成功不抱希望，总之临到要交了，才下达了紧急通知，要求各位老师尽可能地去申请，尤其，是没有课题也未曾做过课题的年轻老师们。

美兰当然属于陈大力的这个“尤其”之列，美兰其实也不太喜欢做课题，她更愿意自己随意写点东西，以非论文的形式，给一些艺术刊物投稿，介绍一些当代画界的发展动态，或者对一些画作，进行赏析。那种一脸严肃的论文，她也能写，但常常懒惰。而且，用林淑的话说，她读书时在核心期刊发表的那些论文，就足够评职称了，何必再费力气申请论文呢？不如在家喝杯咖啡晒晒太阳更舒服一些。

不过既然陈大力发话了，她就不能不填了表格申请。填表格对于美兰来说，不是一件难事，她很快就确定了一个“分析红色在1949年以后中国绘画中的运用”的课题，并用了一个上午的时间，将摘要、研究概况、课题分析、经费运用、合作研究者科研情况等等资料，给填完了，剩下的事情，当然是按照上面的要求，分别找陈大力、社科处杨处长、人事处谭处长和陆卫东签字盖章。

美兰早起饭也没吃，便拿着课题申请表打算到学院去签字。这时候，刘志国又笑话她：“你要是理科的博士，一次申请下上百万的课题，还值得这样努力，就这1万块都不到的省级课题，既要调研又要外出搜集资料，搞不好最后发表时还得自己倒贴版面费，何必呢？我要是你，非得在家睡懒觉不可。”

美兰白他一眼：“不在其位，不懂其苦，你以为我真的愿意做啊？”

刘志国紧跟过来：“我昨天可是给你说了，我们单位齐志高主任与前妻的女儿，想学画画，问你做不做，1小时虽然只有200块，但你多招收两个，就可观了，跟那些1小时500的同事比，也差不到哪儿去。”

美兰气呼呼地回他：“我现在没空，不想挣那些外快。”

刘志国也气：“你去做你赔钱的课题吧，希望你早点借此评上副教授，工资高了，我也跟着沾光，我们买房的梦想，也能早日实现。”

美兰不再搭理他，“哐当”一声，将刘志国惹人烦厌的一张脸，给关在了门后。

正是上班高峰，美兰左等右等，都打不到车。这个城市最让美兰绝望的，就是糟糕的交通。冬天的时候，美兰在寒风里，有时等上40分钟，也不见出租车来。美兰常常冻得人要僵了，才打上一个非法谋生的三轮，五脏六腑快将呕吐出来似的，一路“颠沛流离”地从旧校区赶回家去。

好在现在正是春天，清晨有比较美好的小风。美兰穿着长裙，站在路口，被这样的风慢慢吹着，便忘记了刚刚刘志国带给她的不悦，想着如果可以，就看在刘志国的面子上，接下他们主任女儿这个学生吧！生活中总得为了彼此，牺牲点什么，或许，刘志国也不想让她接这个学生，只是出于领导的面子，不得不答应下吧。

美兰终究还是先等来了公交，她勉强挤上去的时候，书包却被夹在了外面，她不得不让司机开门，但无奈声音太小，又有些文艺，所以隔着重重的人群，司机根本没有听到。美兰只好放开了嗓门，大喊："师傅，我的包！"

司机懒惰，没有回应，不过却开了门。美兰"嗖"一下将包揽到胸前来抱着，有一个大胖女人紧紧靠着她，将一股子劣质香水的味道，重重地砸过来。而某个貌似常年不洗澡的男人，则贴着她的后背，不断地喘气，像一条濒临死亡的鱼。

美兰每次这样挤公交，总是会觉得人生绝望，好像所有的力气和生命，都耗在了没有意义的与人争抢和拥挤上。买车对于她和刘志国，还似乎遥遥无期，除非，是两三万的小QQ，但是刘志国又虚荣，坚决不买这种车，觉得开在路上，毫无颜面，还不如不开。好在美兰对于买车，并无太大的欲望，除非，是这样被人挤得快成肉饼的时候，才希望立刻买上一辆，哪怕被这个城市的车辆堵死，也比这样毫无尊严地挤死强很多倍。

平时十几分钟就可以到达的老校区，这天清晨美兰花费了40分钟。有一刻钟，公交车堵在路口，看上去似乎永远都不会前进了，不过好在交警治好了“便秘”，哗啦一下子，所有的车跟人一样，顺畅起来。

陈大力难得几次是在旧校区上班，美兰赶过去的时候，他也正好在办公。

美兰将打印好的资料一式三份，全摆在陈大力的面前。陈大力抬头看一眼美兰，竟然出乎意料地笑笑：“今天你打扮得挺素描色彩，简洁，不过很安静，像你的风格。”

美兰没想到陈大力还会称赞她，有些脸红。她今天出门的时候，不过是随意捡了一件宝蓝色带白色花朵的外套，又配上一件软牛仔的长裙，也只是觉得镜子里还算舒服而已，并没有考虑其他。

不过陈大力对她的赞赏里，有一个男人对女人的讨好，这又让美兰有些不适，她不喜欢这样的亲昵，好像，是被陈大力轻贱了一般。

但陈大力很快变了脸色，他指着美兰课题参与人一栏，道：“你这里面，怎么全是外省的人，没有一个我们系的老师？难道我们本省的钱，要让外人用不成？”

美兰拉来的参与者，其实只是壮壮声势而已，因为大家都知道，那点课题费，谁也不会再分给别人，而且，如果不是评职称的需要，谁乐意帮人做课题呢？所以，除非是上百万的课题，这类理论性的东西，基本上是课题主持者自己在做。所以，美兰当时三个短信，便拉来了读博时北京的阎涛师兄，上海的阮洁舍友，还有江苏的林琅师妹。他们三个读书时跟美兰私交都好，那时便嘻嘻哈哈说好了，以后有课题，大家有福同享，都给彼此留个参与者的位置。

因为唐放懒于做科研，教课之外，只一心想要开自己的公司，所以美兰也不想拿这小小的课题来打扰他。至于其他老师，有硕士以上的学历又够得上资格的，也只有刘菲、张杰和周鹏等三两个老师，但是他们，美兰偏偏又不想去找，甚至，连发个短信问一声也不想。

这样的话，美兰当然不会对陈大力说，说出来好像她人缘太差一样。美兰只是尝试着辩解了几句：“陈主任，我是第一次做，以为系里其他老师都忙，不愿意做课题，所以也不便找人。”

陈大力立刻言之凿凿：“怎么会不愿意呢？你找刘菲和张杰参与，她们肯定愿意。”

美兰当时在心里反驳陈大力：“她们愿意，可是我不愿意呢。”

陈大力还很认真地告诉美兰，张杰可以帮她收集资料，刘菲则能给她做其中的某一章节。至于李琴等其他老师，也都能在某些章节上出一些力气。

陈大力这样说的时候，美兰想，他也不容易吧，上级领导考核他的业绩，大概要看老师们申请了多少省级或者国家级课题，可是艺术学院的老师们平时都忙着挣外快，谁也不愿意做经费可怜的课题，所以好不容易来了美兰这样一个愿意研究点理论的博士，陈大力怎么会让她做的课题，白白给本系外的老师们参与呢？

陈大力到最后，还拿其他领导压她：“你这样子，学院审核都会难以通过。”

美兰只好投降，说：“陈主任，反正这页没有签字，我回去加上本系人的名字，替换下来吧。”

陈大力语气也缓和下来：“嗯，行，以后注意就是了，能同本系老师合作的课题，尽量别和其他大学老师合作。”

美兰出了陈大力的办公室，便去了学校门口的一家打印室，分别给唐放和李琴发了短信，询问能否加入他们的名字。唐放很快发幽默短信过来：“我名字的处置权，归你所有。”而李琴则很客气道：“行，没问题。”

将两个人的名字替换上之后，美兰又去了社科处杨处长和人事处谭处长那里签完了字，并盖了章。然后，便硬起头皮，敲响了陆卫东的办公室。

但陆卫东的办公室里，并没有传出他故意拖得很长的一声“进来”的回音。美兰试探着推了下门，才发现，门是锁着的。

美兰其实有陆卫东的手机号码，但觉得电话催他似乎不妥，搞不好还会惹他心烦，让签字手续变得麻烦起来，所以她等了片刻后，便想，还是原路返回，下午或者明天再来吧。

刚刚出校门，唐放就打电话来，说，过来接她，有事。美兰站在校门口，想着他有什么事找自己呢？算起来，她已经有一个多星期没有见到过唐放了，说不出是什么感觉，心里有些空落落的，很想找他说说话。大概，唐放过来找自己，也是说说话吧。这样一想，美兰心里竟是有些羞涩，好像一个等待约会的少女一般，而且怕被单位的同事或者学院的领导碰到，她朝学校的西面走了一程，在十字路口处的马路边上，停了下来。

唐放的车在十几分钟后，如约而至。美兰奇怪，看到唐放探头出来，就问：“咦，你怎么知道我没在校门口等你呢？”

唐放笑：“那么羞涩的一个文艺女青年，怎么会门卫一样在门口站岗让人看呢？”

美兰心里浮起一阵暖意，语气也温柔了几分：“你说找我有事，我能为你效劳些什么呢？”

唐放故作神秘：“一会儿到了你就知道了。”

美兰也不再多问，只是扭头看向窗外川流不息的车辆，想着这个城市如果还有一些人值得美兰留恋的话，那么，唐放应该是其中一个吧。

车绕了足足有大半个城市，终于在一片繁华中的安静地带，停了下来。

美兰从未到过这里，看一切都觉得稀奇，她不知道这个城市，竟然还有如此具有文艺气息的角落。每一个工作室，几乎都有着别致的名字，一路走过去，让美兰总疑心是在北京的798艺术区里。

唐放告诉美兰，这里集合了G城所有有志于创作的艺术家，当然，同时，他们也是自己作品的代言人。每一个工作室里，都挂满了艺术品，雕塑、摄影、铜雕、油画、水墨作品、布画、漆画等等。价格，当然不会便宜，但是据说，生意都不会差。识货的人，都会来这里淘走那些具有升值空间的作品，或者，联系艺术家们，单独设计和定做。

唐放的工作室，当然集中在油画工作室的区域。

美兰一看“盛唐”的名字，就笑了：“口气挺大嘛，你是想做唐太宗李世民吧？”

唐放大笑：“倒是真有这野心，只是暂时还没有找到一个合适的皇后。”

美兰在刚刚装修好还空空如也的工作室里转了一圈，道：“你现成的老婆不正合适嘛！”

唐放连连摇头：“她对艺术毫不热爱，只痴迷物质，不过我觉得你倒是挺适合的。”

美兰正抬头看颇有大唐色彩的天花板，突然听到这句，红了脸，又不好说什么，只好岔开了话题：“你打算什么时候开业？”

唐放道：“找你来就是这事，都说女人直觉好，你来帮我选定个日子吧，顺便，也看看怎么布置这间工作室好，对了，你那些业余创作的画，都可以拿来，放这里，我帮你找欣赏的买家。”

美兰兴奋地转过身来，看着唐放道：“呀，真的么？我竟然有经纪人了呢！”

唐放饮下一口瓶装的纯净水：“我的名字处置权，归你了，你的作品的代理权，也当然归我了，如果你人归我，我更乐意。”

美兰白他一眼：“你就天天做美梦去吧！”

唐放突然走过来，注视着美兰，用一种有些梦幻般的声音，温柔道："美兰，你知道吗，昨天晚上，我还真的梦到你了，所以，我今天带你来这里，让你看一眼，我自己的梦，怎样成为现实。"

美兰心里像有一条溪流，冲开了她设防不牢的心门。她抬起头来，看着唐放，轻声道："真的吗？你梦到了我什么呢？"

唐放伸出有力的臂膀，将美兰抱在胸前的时候，美兰连一点儿准备都没有，又似乎，无需准备，她随时期待着，会有一个男人，这样温柔地，霸道地，将她拥到怀里，就像，一年以前，于飞常常做的那样。

美兰听见唐放在她的耳边，喃喃低语："就是这样，美兰，我梦到将你拥在我怀里，我什么也没有做，但却觉得有安稳的满足感，不，还有幸福。"

美兰的眼泪，不知为何，流了出来，止也止不住。那些眼泪，弄湿了唐放休闲西装里的白色衬衣。那一刻，她觉得孤独，但又温暖。是一颗心，靠近另一颗心时的温暖感。

唐放的右手，轻轻地抚过美兰的眼睛，为她拭去一滴一滴的眼泪。美兰听见唐放似乎自言自语，又似乎说给她听："你孤独的时候，让人心疼，很疼很疼，可是你不知道。"

美兰觉得自己在沉入一片潭水里去，安静的潭水，在春天午后的阳光里，碧绿地汪着。她耽于这样的沉溺，好像一粒宝石，不想见到天日，希望埋在有荷花香的泥土里去，或者是一尾小鱼，隐在一片茂密的水草里，不知疲倦地日日沉睡下去。

不知是谁，走过工作室，咳嗽了一声，将美兰惊醒过来。她慌慌地挣脱掉唐放的臂膀，擦一下还未干的泪痕，看到唐放胸前湿漉漉的一片，低头歉疚道："真不好意思，将你的衣服弄脏了。"

唐放温柔道："真傻，眼泪怎么会是脏的呢？"

美兰有些想要逃避唐放这样的温柔，脑子里慌乱地想着刚才的话题，终于想起来道："春天来了，不如，就在4月末5月初的时候，开始你的工作室吧！"

唐放想了片刻，有些走神："嗯，挺好，我记得第一次见到你，是去年的4月末，你来试讲，我在台下看着你，想着以后春天里有这样美好的女子相伴，真是不虚此生。"

美兰觉得自己必须要走了，她怕自己再待下去，会又被唐放拉入到那种让人无法逃离的梦幻虚空中去。

她看看手机，然后抬头抱歉笑道："唐放，我怕是要走了，嗯，等你开张的时候，我来为你庆贺。"

唐放又恢复到昔日的幽默："有美女博士效劳，我这工作室的档次，骤然提升，到时肯定能签下全城的平面设计业务。”

美兰觉得与唐放之间，那种不浓不淡、恰到好处的空气，又回来了。

从唐放处回来，美兰吃了份泡面，便困倦地想要午休。刘志国中午不回来，她的饭便常常这样凑合。不过美兰对吃饭，实在是没有什么讲究，她一个人，怎么吃都无所谓。倒是傍晚刘志国回来，看到桌子上还没有来得及扔掉的泡面袋，便生了气，朝她训斥道：“没见过哪个女人像你这样懒，一顿像样的饭也不弄给自己吃，要让你父母知道了，还以为你来这里受了多少委屈一样！”

美兰知道他是心疼自己，便不跟他计较，柔声道：“那么跟我一起做顿好吃的晚饭，让我享点福吧。”

刘志国这才熄了火：“以后别这么虐待自己，我还指望你给我生个孩子呢。”

美兰点头，说一声“好”，便拿过他手中买的豆角，择了起来。择了一把，想起了早晨的事来，便说：“你们主任齐志高的女儿，打算学多长时间？我这学期也不算太忙，如果孩子愿意学，又有天分，我就教教她吧。”

刘志国听了过来“啪”一下给美兰一个吻：“我就知道你不会让我在领导面前丢面子的，我早就问过了，齐志高说她姑娘随时听从你的安排，周日周六全天都可以。”

美兰想了想：如果她想学1小时的话，那么就以后每周的周六下午3点到4点吧。

刘志国兴奋道：“看在你今天对我这么好的份儿上，这顿饭，你在一边歇着，我来做给你吃，以后等你教的学生多了，挣钱也多了，我们请个厨师给我们做饭。”

美兰笑：“美得你吧，我可没想过能有那么小资的生活，能每周吃上你做的一顿饭，就知足了。”

刘志国突然转过身来，对美兰神秘笑道：“今天有个好消息，猜猜是什么？”

美兰歪头想了片刻：“难道你中奖了？或者你升职了？再或你领了奖金？”

刘志国摇头，得意道：“都不对，是那个想要卖房的老太太，终于肯降价了，一平米6700元，而且，省下了装修费，我们可以买下就住进去。十几万的首付，我们家来掏；买家具的钱，我们的工资买；贷款，我们一起还，怎么样？”

美兰出乎意料地，并没有刘志国那样兴奋，她只是点头，喃喃自语说：“志国，我们终于有了自己的房子了。”

美兰在第二天的上午，再次来到陆卫东的办公室。透过门的缝隙，她终于看到了坐在办公桌前，西装革履的陆卫东。

推开门后，陆卫东抬眼看到美兰，即刻笑道：“美兰老师，有事？”

美兰还是第一次见到陆卫东主动向她打招呼，心里有一点受宠若惊，想着那300块的茶叶果然起了作用，想必陆卫东应该喝得口舌生津，通体舒畅。美兰将课题申请表格双手递过去的时候，陆卫东还微微欠起了身。美兰记得第一次到陆卫东办公室来，他连正眼看她也没有看，而且，还不搭理美兰，只等着美兰小心翼翼地开口说话，才官腔官调地回应她的问题。两相对比，美兰便在心里，突然有一些鄙薄陆卫东，想着人有时候渺小起来，原来连300块也不值。

但是颜面上，美兰还是毕恭毕敬地一口一个“陆院长”的称呼着。这让美兰也连带地鄙薄了自己一下，觉得自己虚伪得真快，不过是一年不到，就被刘志国强行想要灌输给她的那一套社会规则，给浸染了。

陆卫东看也没看美兰的选题究竟做的什么，便挥笔签下了自己的大名。当然，他大概也是不懂，怕被美兰看出什么破绽，所以不如假装宽容。

签完名后，陆卫东还很关心地说了几句废话，问美兰在这儿是否适应，北方的空气比较干燥，不像江西，雨水充沛，气候宜人；又说如果有什么生活上的困难，尽管跟组织提，学院能够帮忙解决的，一定尽力。美兰连连点头说一切都好，谢谢陆院长如此关心。

美兰很想立刻就拿着申请表退出门去，可是陆卫东看似还想说些什么，她只好耐心候着，等陆卫东的放行。

陆卫东果然在一堆废话之后，问道："美兰老师，是否这学期有一些闲散的时间，可以辅导一个高考的学生学习美术？"

美兰想起刚刚应下的齐志高的女儿，心里连连叫苦，想着刚刚应付下刘志国的领导，没想到自己的领导也来凑热闹，而且，说不定还是免费辅导。

果然陆卫东不等美兰开口说有没有空，便又接下去："是我一个远方亲戚家的孩子，想要考我们学院，但是美术底子稍微有些薄，你如果有空，就帮忙辅导一下吧！每周一两节课就行，费用呢，都好说。"

美兰赶紧接过去："既然是陆院长的亲戚，我还算什么讲课费呢？我每周末下午有空，您那边商量好了，直接让那个孩子联系我就行。"

陆卫东笑得快要看不到眼睛了："既然美兰老师这样不跟我客气，我也就不客套太多了，等孩子考上，到时一定请你这恩师吃饭。"

美兰脸上笑着，心里却想，也不知他从那一笔扣下的代课费里，肯拿出多少来，请她吃一顿饭。

美兰到家后将此事一说，刘志国就跟她生了气："你就不会说自己没有时间吗？都给他送礼了，还怕他什么，大不了再给他送一次，人家一个学生1小时收500块，你可好，一分没有，义务教育！"

美兰也气："你领导的孩子，推不掉，我领导的孩子，又怎么好推脱？好歹，还是要在艺术学院混下去的吧。"

刘志国没吭声，半天才吐出一句："我们领导好歹脸皮没那么厚，1小时还给200块钱不是？"

两人面对面坐着，一时竟无话可说。

隔天美兰去学校，申请省级课题的事情，不知怎么就传了出去。诸如周鹏之类，也只是问问她做了什么课题，而刘菲和张杰则酸酸地来试探她，问她找了谁来参与。美兰知道系里能申请到省级课题的老师，也就只有陈大力一个，而国家级的，全院也屈指可数。大家平日为了职称，不过是做做校级或者院级的课题，再多，就是市级的。而且，基本上是三四个人合起来申请一个，像美兰这样，单枪匹马的还不多见。而且，关键是，美兰找的参与人，只有李琴和唐放，而他们两个，恰恰对职称最不看重。这样一来，美兰不团结同事或者怕同事职称上竞争的声名，就传了出去。

美兰觉得这样的推测，简直是没有道理可讲。可是人心隔着肚皮，谁知道那笑脸下隐藏着一颗怎样的心呢？美兰听见这样的议论，只能沉默不言，或者假装不懂这些小心眼。

不过刘菲的一句话，还是让她气住了。刘菲当着一群老师的面，问美兰："你那课题如果申请下来，经费打算怎么给李琴和唐放老师分配啊？"美兰知道刘菲这是故意让她难堪，因为没有人不知道，参与人只是挂名而已。美兰恨自己嘴笨，不似外事办新闻发言人一般，有圆滑的表达能力，她的脸涨得通红，到底还是只吐出一句话："我也不知道呢。"

张杰过来充好人："不过是1万块钱，人家李琴和唐放老师根本不在乎，他们是给美兰老师壮声势呢。"

多亏李琴谁也不怕，过来替美兰解了围："美兰老师能挂上我和唐放老师的名，感激还来不及呢，再瓜分那点钱，也太不地道了吧？以后你们谁要做课题，乐意挂上我的名，或许我还会请你们吃饭呢。"

大家都笑起来，算是心知肚明，刚刚那点小自私，没有必要放在心上。

但美兰却一直奇怪，到底是谁嘴这么快，将这点事给捅出去了呢？想来想去，怕也只有陈大力和李琴两个人，不过，也或许，是张杰自己没有能力申请，偏偏又嫉妒心重，跑到陈大力那里打探来的。两三个月后就会到来的职称评定，让每个人心里，都扯得紧紧的，唯恐一不小心，就被别的人，给比下去了。尤其，对于美兰这样强大的对手，刘菲和张杰，是带着一股子醋意的。

美兰不想搭理这些鸡飞狗跳的破事，从办公室出来就找了林淑喝咖啡。不过美兰没想到，林淑没让她安静片刻。两人一坐定，林淑就朝她抱怨：“男人都他妈的不是好东西，吃着碗里的，还想着锅里的。”

美兰问她究竟怎么了，林淑哼一声道：“还不是康乔又和你们学院音乐系那个叫秦笙的狐狸精勾搭到一起了！当初他当着孩子的面，答应得好好的，不再和秦笙有任何的瓜葛，还将那女人的号码从手机里删除了。可是不想我前脚刚走，他后脚就约了狐狸精出去吃饭，他是全然将我和淘淘不放在眼里和心里了！”

不知道如何劝她，美兰只好闷头喝咖啡，让林淑一个人在那里絮叨。事实上，美兰约林淑出来，本来是想向她倾诉一下烦恼的，关于课题关于买房结婚关于给领导孩子做家教等等，可是这会儿看来，林淑暂时是不会止住对康乔和秦笙的控诉了。

可是总是要有个解决办法的，美兰只好不顾及林淑的颜面，直接问她："你究竟是打算离婚，给他们让路，还是一直这样耗下去，不给秦笙明媒正娶的机会？"

林淑的眼泪，哗一下流出来，好像要将这辈子的委屈都冲出来一样。她拉着美兰的手，像个无助的孩子般，不住地重复一句话："你说我怎么办呢，你说我怎么办呢？"

美兰看着显然很多天都失眠的憔悴的林淑，一时觉得心疼，只好握一握她的手，给她一点温暖，又安慰说："别难过，一切都会过去的，你要给康乔时间，男人哪有不爱偷吃的呢，只是吃腻了，他终究还会回来的。"

林淑的哭声让咖啡馆里的女服务生，不住地将好奇的视线，扫过来。美兰借了服务生的眼光，觉得林淑被这件事折腾得像霜打的花朵一般，再无昔日美艳动人的模样。美兰还记得一年前的林淑，气质姣好，美丽优雅，那时美兰一直觉得，如果她能活成林淑那样，今生也算知足了。可是而今，那个幸福中的林淑消失掉了，取而代之的，是一个焦灼暴躁、疑心重重的中年女人，一个即将跨入衰败的门槛，却扒着门框，始终不肯从容走进去的恐慌的女人。

美兰也不知怎么地，突然就问林淑：“你是不是很害怕离婚，害怕没有男人的日子？”

林淑一下子止住了哭声，抬头看着美兰，眼睛里充满了迷茫和不安：“离婚？没有男人？女人没有男人怎么行呢？我不能离开康乔，不敢想象没有他的生活，美兰，如果我离婚了，连你也会瞧不起我的吧？”

美兰没料到林淑来了这样一句，她也没想到林淑的心里，竟然还有着自卑，这样的自卑，因为一直被貌似幸福安静的生活给遮掩着，所以而今看来，便如一个毒瘤般，显赫硕大，且难以根除。她忽然想，当初林淑结交自己，是不是因为自己脸上显而易见的自卑打动了她，让她油然而生一种骄傲与满足？

美兰觉得不能再想下去了，林淑不过是一个普通的女人，有一般女人都有的虚荣和骄傲，而今她落魄了，自己怎么能够因此就真的瞧不起她，弃她而去呢？

美兰将因为课题而带来的那些烦恼，全烂在了肚子里，没有讲给林淑听。她只是握住林淑的手，给她吃下一粒放心丸，答应她，这几天就去找秦笙，劝秦笙离开康乔。

这样决定下来，因为课题带来的烦恼，反而被冲淡了。美兰想，一切功名利禄，跟家庭的幸福相比起来，都是微不足道的，这样一想，美兰忽然觉得，能为林淑想要守护的爱情，做一些事情，或许，也是为自己的幸福，积一些功德。

第六章　向第三者投降事件

G城不大，所以想要认识谁，通过一到两个人做中介，便可以顺利弄到那人的手机号码。美兰借助正在休产假的同事常青，得到了秦笙的手机号码。之所以没有找其他老师，是因为美兰不想让他们猜测什么，而常青在家里，不理系里“朝政”，再加上她帮常青带着班主任一职，常青感激，自然会为这点事，卖力帮忙。

美兰等到晚上9点钟的时候，发了一条短信给秦笙，所言不多，只寥寥数语，说自己是康乔老师爱人的朋友，也是艺术学院美术系的老师，想有时间约她出来聊聊，不知可否。

在等待秦笙短信的空当，刘志国过来问究竟她家里能拿多少钱出来，买家具或者象征性地付一些首付。美兰听了有些心灰意懒，淡淡道：“我们家什么情况，你又不是不知道，你让没有退休金的他们，去哪儿弄钱呢？我是宁肯不要这房子，永远租房子住，也不想开口向父母要钱的。”

刘志国将美兰手里玩弄的手机扔到一边去，这时美兰恰好听到有短信过来，便绕过刘志国去捡拾手机，刘志国偏偏故意气她，将手机扔到旁边抽屉里，顺手锁上，又将钥匙拔了下来。

美兰气愤：“刘志国，你太过分了！我爹妈又不欠你们家钱，凭什么就非得拿首付出来，我一个人千里迢迢嫁到你们这里来，还不够吗？你还让他们为了女儿，将老命都搭上不成?!”

刘志国也冲美兰嚷：“你又不是不住，凭什么就得让我爹妈将养老的钱全掏出来？你不心疼我还心疼呢！再说了，在买房子这事上，从始至终，你爸妈连一句需不需要用钱的话，都没敢说！”

美兰觉得肚子隐隐作痛，好像是气的，又好像是月经快要来了的征兆。她强忍住疼痛，从枕头底下将自己的工资卡拿出来，扔到刘志国的手中，说：“这些是我全部的身家，你全都拿去买家具吧，一分都不用为我留！如果你还有良心，麻烦不要打扰我的父母，他们老了，禁不起折腾！”

刘志国将那个中国银行的工资卡，扔到桌子上，又将手中的钥匙也一起扔过去，起身便气呼呼地去了另外的房间。

美兰坐着发了一会儿呆，心里漫天漫地全是悲伤，这样的悲伤，她觉得与林淑的相比，不差丝毫。

美兰觉得眼泪流得差不多了，才想起手机上的短信，打开抽屉，果然是秦笙发来的，很简洁，只有一行字："好，周六上午10点钟学院路上岛咖啡馆见。"

很快就能见到秦笙的念头，让美兰暂时忘记了刘志国在房子首付上的斤斤计较。睡不着的时候，美兰就胡思乱想，她能从秦笙的身上，看到自己的影子，如果秦笙是一个自己喜欢的女子，或者，跟自己相似的女子，那么，她还会劝阻秦笙离开康乔吗？如果她和秦笙做了朋友，那么，是不是就必须和林淑断交，不再往来？想过之后，美兰又笑自己，秦笙这样一个从有钱家庭出来的女子，怎么会跟小城里出来的自己，有相似之处，或者，成为知己呢？

出于礼貌，周六上午美兰提前半个小时就到了上岛咖啡馆，点了一杯奶茶，在靠窗的位置上坐定了，等待秦笙的到来。

因为周边全是大学，所以咖啡馆里学生情侣居多。甚至，还有许多对穿了高中校服并且抽着烟的中学生情侣。美兰不由得感叹，自己的青春期，等于虚度，除了每日埋头书本，根本不知窗外咖啡馆或者歌厅里的世界。即便是读了研究生，在北京接触的世界大了，她和刘志国谈恋爱，也很少涉足这些地方，最多，是两人牵手在王府井或者后海的花花世界里，透过窗户，看看别人在诸如星巴克等安静又奢侈的环境里，如何享受那经窗户过滤后，格外耀眼明亮的阳光。

视线投射到一个角落后，美兰的眼皮跳了一下，那个背她而坐的女孩，很像班里的李小濛。她站起身，假装去洗手间，绕着桌子，看了一眼那女孩的侧面，竟然真是李小濛。她当然没有注意到美兰，因为她正一心一意地握着一个男人的手，冲他撒娇耍赖。那个男人，既不是美兰第一次见到的接她放学的帅哥，也不是第二次揪住陆卫东衣领蛮横的官二代，而是一个完全陌生的30岁左右的已婚男。

美兰之所以确信那个男人已经结婚，除了因为他的无名指上，戴着一个戒指，更重要的，是一种对已婚男人圈养气息的感觉。美兰总觉得，未婚的男人，犹如放养的动物，眼睛是狼一样闪亮的，毛发里散发的味道，也是野性的，放肆的，杂草丛生般的；而已婚的男人，则像圈养的绵羊，脾性温和，攻击性小，视线柔和，明亮但不刺眼，手指抚摸上去，应该是玉石的暖。

而李小濛对面的男人，在她任性地用力打了他一下之后，还能宽容地笑笑，并用右手替她抚去额前的一缕碎发，又爱怜地捏一捏她的下巴，还将一根薯条，蘸了番茄酱，放入她的嘴里，足以说明，他是圈养在婚姻里的一只羊，而不是野外的狼。

美兰推测那个男人是报社的记者，因为他的手边，放着一个文件夹，上面写着“G城日报社”的字样。美兰突然想，如果那个男人是刘志国的同事，那么或许，他会认得她。美兰平日去找刘志国的时候，经常会遇到向她打招呼的人，她一律点头谦恭微笑，但事实上根本不记得任何人，她的记忆在人的面容上，常常卡壳，或者模糊，所以很多时候，会带来误会。刘志国的一个同事，就曾经间接地评价美兰是“京城来的女博士样子”，意思是说，美兰骄傲，不跟G城的人合群。

想到这里，美兰赶紧低了头，尽量地不让李小濛和那男人注意到她，怕彼此碰见了尴尬，而且假若那人是刘志国不同部门的同事还好，如果是同一部门，又是小领导的话，对刘志国怕是没有什么好处，搞不好事情泄露了，最先遭怀疑的就是刘志国。

美兰佯装低头发短信的时候，从桌子底下，看到一双穿了精致牛皮短靴的脚，带着一些犹豫，在她的面前站定了，没有动。美兰一抬头，便见秦筀微微笑着，正在对面注视着她。

美兰有些慌乱地站起来，差一点儿将面前的奶茶给弄翻了。她本想礼节性地握一下手，又觉得有些矫情和客套，便伸手，挪开椅子上自己的书包，示意秦笙坐下来。

秦笙坐定后，美兰一时找不到话说，还是秦笙更优雅从容，将服务生叫来，给自己点了一份咖啡，又问美兰是不是还需要续一杯奶茶。美兰连连摇头说不用，但心里却为秦笙的这一点体贴，而觉得温暖，并在心底里，觉得与秦笙的距离，倏忽便近了许多。

美兰终究嘴笨，还是秦笙先开了口："你刚来时我就听说过你的，但一直未曾正式地相互认识，因为艺术学院博士一向就少，女博士更是稀缺，而为爱情来的南方女博士，长相又美的，在G城更是少见，所以在周围的同事们议论着你的时候，我虽然不太关注外系的事情，但还是不免对你生出几分好奇。"

说完这番话，秦笙便笑了。她的笑很迷人，像夜空里一枚弯月，柔和、静谧，让人看了，内心喜悦。一个在尘世中跋涉过度的男人，浸润在这样的笑里，不免就会像遇到了一条清凉的小溪，忍不住停留下来，掬起一捧，喝下去。而女人们呢，也会暂时地，忘记一切关乎物质和房子的追逐，借这明净的溪水，清洗掉内心里的尘埃。

因为这笑，美兰喜欢上了秦笙。她一向不擅拍马，这次却脱口而出一句：你笑起来真美。但她并没有觉得此句多么虚假或者别扭，相反，她觉得这样还不能够表达她内心里的欣喜，像遇到了另一个自己一样的欣喜。

秦笙没有说谢谢，而是将手中的咖啡杯子端过来，碰一下美兰的奶茶。两人相视一笑，懂得彼此内心里那一抹柔软的相知。

美兰完全忘记了见秦笙之前设计好的审讯般的台词，转而问秦笙："你真的很喜欢康乔吗？"

秦笙用小匙搅动了一会儿杯中的咖啡，像是在沉思，又像是回忆着什么，片刻之后，她又笑一笑，道："这个问题，我也曾经这样问过自己许多次，我只能说，到现在为止，我是爱他的，可是，我不能够保证以后。如果是你，或许也会这样想，我从没有觉得，爱情会是永远的，此时此刻，我爱他，并一心一意地爱他，就足够了。"

美兰没想到秦笙会有这样的回答，可是想起正在不远处结了新欢的学生李小濛，还有那个有可能是刘志国同事的已婚男人，以及唐放与他结婚刚刚两年的妻子，当然也包括她与刘志国吵吵闹闹的爱情，她又觉得，秦笙的话，是对的。是的，谁能够保证未来的爱情呢？当下能够相爱，或许，已经是我们对于爱情，最好的承诺。

不等美兰问第二个问题，秦笙又接着说下去："即便是康乔，他爱我要比我爱他，更多一些吧，但我也不认为，他在离婚娶了我后，人生中不会再出现第二个秦笙，所以假若我们对男人抱太大的希望，最终的失望，也会越大。康乔一直向我保证，他会离婚娶我，我每次都告诉他，我不需要这样的诺言，因为诺言只是证明，我们心里不能够把握，所以需要一再重申，借以表明我们是多么忠贞不渝。如果他真的离婚了，我或许会嫁给他，当然也会努力，与他走得更长久一些；如果他不能够离婚，我也不会死缠烂打，只会给他祝福，然后继续上路寻找新的幸福。"

这些话，雨点一样落在美兰的心里，每一滴，都是有营养的。它们让美兰第一次觉得，在G城，还有另外一个女人，是和她可以做平等精神交流的。而且，因为她与自己不在同一个系，这样的交流，便显得更真诚而且坦荡。

美兰忽然微笑："问一个八卦一些的问题，你爱康乔的什么呢？我从他的妻子那里得到的印象是，他不怎么上进，当然，是在仕途上，每每要靠她的催促和帮助，才能想到打理人际关系。而且，他又是财会专业的老师，他的妻子便觉得他没有情调，缺乏浪漫。”

秦笙“扑哧”一声笑了：“大概每一个做妻子的，都会这样抱怨丈夫，所以我现在无论怎么评价康乔，似乎，都因为身份的不同，而会被认定为不可相信。如果我说康乔是迷人的，他能歌善舞，还会写诗作画，琴又弹得好，还很成熟有风度，大概不只是你，连他的妻子都会觉得惊讶，因为你们看到的他，根本不是这样的。可是，我一直觉得，每一个男人，都有不同的方面，而他在不同的女人面前，也会因为这个女人的不同，而相应地激发出迥异的潜质来。”

美兰想起在林淑面前，寡淡无味的康乔，竟然在秦笙的眼里，如此地风度翩翩，便不得不相信，男人是一种分裂的动物。在世俗味道浓郁的林淑那里，康乔不过是个整日跟数字打交道的普通男人；而在靠精神给养和艺术清洁着的秦笙这里，康乔也成了一个灵动又富有魅力的优秀男人。如果男人是 盆肥皂水，女人是一根吸管，那么通过秦笙，康乔吹出了在阳光下五彩缤纷的泡泡；而通过林淑，康乔不仅没有吹出气泡来，还重重地呛了一口，并有被洗了胃的呕吐感。

秦笙又叫了一杯咖啡，并给美兰续了一杯奶茶。美兰看着面前氤氲的热气，突然笑了，她忍不住向秦笙道：“我竟然被你说服了呢，你知道我本来是……”

秦笙笑着接过话头去："是来劝说我不要做第三者，毁坏别人家庭的。"

美兰大笑起来，想到不远处的李小濛，她又立刻止住了笑声，试探道："那么，我算是由劝降者，变成了投降者，是吗？"

秦笙摇头："未必吧，如果康乔先向家庭缴械投降了，那么你和我坐在这里，谈论这些，又有什么意义呢？当然我并不是说，爱情的主动方，在男人那里，我只是坦诚接纳一切的结局，好还是坏，都能够接纳，所以，我将选择权，交给康乔，因为，我并不觉得，失去了康乔，我就失去了整个世界。"

美兰当下心里一震，长久以来因刘志国而郁积无法消融的种种烦恼，忽然就淡了下去。

当日阳光明亮，窗外世俗的一切在春天暖热的气息中流淌，这个城市的女人们早已经褪掉长靴厚衣，开始穿起短袖和长裙。似乎是一夜之间，G城就变得花红柳绿、五彩缤纷起来，昔日那股子属于冬末春初的灰扑扑的调子，被掸去了，换了新颜。

美兰和秦笙，恰好坐在一半阳光里，秦笙笑称，这是"半光主义"，犹如她与康乔的爱情，半遮半掩。美兰对秦笙这种自嘲，颇为佩服。她一直觉得，但凡具有自嘲精神的女子，她的心底，一定有很强的定力，那种自信，会让一切得失，皆成尘土，落地即安。

咖啡馆里流淌的音乐，是湿润的、慵懒的，人的思绪在其中，也变得飘忽。美兰不知不觉，就将自己那些过去的故事，讲述出来。那些往事，她对林淑和刘志国，都未曾讲起，因为她觉得他们不能够理解，或者，是不屑理解。刘志国与她有一样的家境，皆来自小城，可是她与他之间心灵上的距离，有时，却依然阻隔到无法跨越。而林淑精通世事，可是却在世事中过于沉浸，导致不能够懂得那些浮于半空中的尘埃一样易被忽略的游动碎片。

可是美兰却能够确定，秦笙懂得，尽管，秦笙出生优越，可是她却始终未曾被物质束缚，她可以跳出尘世，在云端俯视周围的一切。是的，就是云端的沉静与从容。美兰想要企及，却终究觉得功力太浅，无法抵达。

美兰给秦笙讲起自己儿时在乡下的许多琐事，比如她在江边看过往的船只，常常胡思乱想，希望有一艘船，可以将她载到很远很远的一个岛屿上去，那里满是桃花绽放，她在岛上可以给人画画，或者跟着一个强壮的男人外出打鱼，她只要一口吃的，和一张床就可以了。她还细细地给秦笙描绘她在细雨中陪父亲去江边买鱼，她趁船主不注意，将一篓鱼给放生到江水里去了，其中一尾鱼，还绕着船游了一圈，好像，是在感谢美兰的救命之恩，她当时觉得自己像英雄一样骄傲，不想刚刚离去，就听见船主骂人的声音，她忘了将篓子给扶起来了。

秦笙是个很好的倾听者，只是偶尔插一两句话，都很简短，这让美兰的思绪，始终是江水一样流畅的、清澈的，可以看得到自己少女时的影子。

美兰因此沿江水而上，讲到自己读书时暗恋过的一个瘦高个子男生，他爱写诗，沉默少言，但美兰每次从他身边经过，都觉得世界动荡不安。

秦笙听了笑起来，道："奇怪，我那时也喜欢瘦高个子的小男生呢，可是而今快要奔三了，发觉还是肩膀宽阔的男人，更能给女人们安全感。"

美兰接过去："难不成时光也会长胖发福吗？"

两个人哈哈大笑起来，这一声笑，引来一对男女的侧目而视。美兰也顺便扫了他们一眼，这一扫，才发觉，她因为谈得太过投入，已经将李小濛和那个已婚男的事情，给忘记了。

美兰正犹豫该不该跟李小濛打招呼，李小濛却大大方方地走过来，道一声："美兰老师好。"

在历经了上次宝马男友得罪副院长陆卫东的事件后，李小濛明显在美兰面前，温和多了，至少，不再那么盛气凌人，而是会主动地与美兰打招呼，偶尔，也会发个幽默短信给美兰。所以能在这里碰到美兰，李小濛明显有些兴奋，也许是对这个男友比较满意，不似先前那两个无业青年那样不靠谱，所以，就乐得推荐给美兰。

美兰看着站在李小濛身后的已婚男，觉得有些尴尬，李小濛倒是大方，侧一下身，拉过那个男人来，介绍说："美兰老师，这是我的新男朋友，叫李沧贺，在省日报社做财经记者。"说完了李小濛又指着美兰，对李沧贺说："嘿，沧贺，这是我们班主任美兰老师，美术学博士，比你这研究生还高呢！"

当着秦笙的面，美兰有些尴尬。而且，关键是，那个李沧贺有可能，或者说差不多，是认识刘志国的。美兰在李沧贺被拉到面前来的时候，恨不能低下头去，寻个面具来戴上。

李沧贺看到美兰，脸上的表情，稍稍有些异样，但随即他就平静如初，微微点头，算是问好。李小濛似乎还想说些什么，美兰连忙打断了她："小濛，喝完咖啡，可以回去创作一些画了。"李小濛听了明显有些失望，"哦"了一声，又道一声再见，便拉了李沧贺的手，走出了咖啡馆。

美兰透过窗户，看着李小濛像个小孩子一样，一蹦一跳地牵着李沧贺的手，走得远了，才舒一口气，对秦笙道："刚才那个学生，我怀疑是……"

美兰想说是"第三者插足"的，可是想起秦笙和康乔，又止住了，而是喝下一口奶茶，又换了一个词语：“我怀疑和你一样，喜欢成熟男人，她身边那个男朋友，明显大她10岁左右的。”

秦笙却看穿了她的心思，笑道：“你怀疑是第三者吧，因为那个男人看上去像结了婚的。”

美兰扑哧笑了：“是你说的哦。”

秦笙又端过杯子来，像她们刚刚见面时那样，碰一下美兰的杯子，狡黠道：“那你也小心，被传染，成为第三者哦。”

这句话秦笙说起来是个玩笑，美兰却惊了一下，她想起上次唐放在他的“盛唐”工作室里，将她拥在怀里，说过的那些梦呓般的话。她第一次意识到，唐放也是结了婚的，而她，则是一个马上就要步入婚姻的女人。如果，她和刘志国结婚了，他们彼此都遇到同样的问题，她还会像理解秦笙这样，理解自己，或者刘志国吗？她又想起来，这次来的目的，她是想要劝说秦笙放弃康乔的。

这样一想，她的心里，又有些暗淡，她突然不知道回去如何面对林淑，或者，如何给她解释，她和秦笙，不过是一个上午，便成了可以倾诉心事的朋友，而且，这样的朋友，甚至比她们之间，还要更畅通无阻，她是彻底地，向秦笙这个插足的第三者，投了降。

第七章　婚礼宴请名单事件

回家后美兰给刘志国讲起李沧贺，问他认不认识，刘志国果然知道，只是两人并不在一个部门，平常来往也算不上多，虽然都是报社记者，但一个财经，一个文化，在百十号人的报社，算是远房亲戚，也就是平常见面后打打招呼，或者从同事那里，听些八卦新闻的交情。

不过刘志国听到李沧贺跟大二学美术的李小濛的关系后，还是吃了一惊，让美兰千万不要出去瞎说，因为李沧贺刚刚结婚的老婆，是他们报社某个小领导的侄女，当初李沧贺能够进到报社，除了他本人有些才华，更重要的，就是靠这个小领导的关系，通俗点说，就是吃了女人的软饭。日报社虽然不是工作稳定的机关等事业单位，也不是晚报等完全靠广告和新闻取胜的油水部门，但毕竟薪水不错，所以想朝里挤的人数不胜数。刘志国多亏早几年毕业，又有发表文章，否则研究生现在想进日报社，哪怕有三头六臂，也是难上加难。G城不大不小，人脉重要，一个单位工作的人，论起来，都有三姑六姨的关系。所以李沧贺这事要是传出去，婚姻难保不说，连工作都有可能丢掉。

美兰听了更是吃惊，想着这李小濛真的是爱情至上主义，根本不在乎什么声名和前程，美兰原本以为李小濛找李沧贺，是为了将来毕业后的工作问题，现在看来，李小濛大概根本不在乎什么工作不工作，这方面，倒是跟秦笙有些相似，拼的是此时此刻的幸福，至于将来，她们都不在乎，反正，天涯何处无芳草。当然，秦笙是一种历经世事后的练达与从容，而李小濛则是放肆地消耗青春，走一步算一步。那个李沧贺，或许也是如此吧，美兰虽然第一次认真看他，但能够感觉出这个男人内心里还是惧内的，点头哈腰间，是一股子浓郁的小心翼翼劲。

提及秦笙和康乔，美兰语言里明显就偏袒了他们，这让刘志国有些生气，说，林淑跟秦笙，他更希望美兰与前者结交，至少，林淑是现实主义的，知道家庭重要，那个秦笙，则是仗着自己长相漂亮又家境优越，所以对婚姻可以看得挺开。

美兰听了也生气，说："刘志国，你根本不了解秦笙，怎么能凭一面之交，就断定秦笙是个不值得交往的人呢？实话实说，我跟她聊得特别投机，我觉得我们才是同一类人！"

刘志国很认真地看了看美兰，道："你不过是跟她聊了一两个小时而已，还真以为自己成了她了？！她可以拖延到三十好几结婚，反正家境好，自有男人看得上，你行吗？对了，今天我妈电话来了，说如果让他们痛快地拿出首付来，我们今年就必须结婚，而且，这个星期就将喜宴的策划方案拿出来，让他们看看。G城喜宴饭店都是提前半年订的，所以这几天你不上班，有时间就在网上或者实地考察一下酒店，先定好再说别的，别我们一切都策划好了，到时候连个酒店都找不到。还有我们家亲戚多，来了住哪儿，也要好好想一想，我们那个两室一厅的二手房，肯定只能住下我爸我妈，你爸你妈都没地方。"

美兰心里突然暗淡，嘴上也刻薄："你爸你妈拿了首付，可以住家里，我爸我妈千里迢迢，来了只能去宾馆，好啊，到时候结婚，我陪我爸妈一起住宾馆。"

刘志国撂下手中一摞文化厅等着见报的资料，道："那这样好了，我们新婚住宾馆，让我们各自父母都住家里。这样总算满足了你心中的公平感了吧？"

美兰觉得争吵到这里，再说下去就有些无聊了，便关了门，去书房拿出画板，铺好纸，打算画点什么。但她也不知道究竟要画什么东西，她只是觉得这样一个人待着，心里可以慢慢筑起一堵墙来，将那些凡尘的肮脏与喧嚣，统统地隔在别处。

一幅画，画了有半个多小时后，美兰才站起来仔细地看它。这一看，她心里的忧伤，又像春天的花朵一样，一簇一簇地绽放开来。她无意识中，竟然模仿了一幅唐放的作品，她记得清楚，那画是挂在空荡荡的“盛唐工作室”里的，她当初曾经问唐放，为何就独独拿了这幅作品来挂，唐放笑，说，你忘记了吗，这是你夸过我的第一幅作品，你说它看起来有一点凡高的热烈与奔放。

美兰此刻画的这幅，就是在萧索的田野中，独自绽放的一株桃花。唐放说，他觉得美兰有时就像一株桃花，在无人的荒野里，安静绽放，不理尘世的吵嚷，他每次见到她，都觉得内心变得强大。

这样的溢美之词，美兰只是当做玩笑，不想她的内心里，却是悄无声息地记下了，并以这样的方式，投射到一幅随便涂抹的画中。

隔壁刘志国在噼里啪啦地敲打着电脑，他总是可以很快地忘记所有的争吵，似乎它们在他心里，是一阵风过，根本留不下任何的痕迹。有时候美兰甚至怀疑她在他的心里，也是云淡风轻、可有可无的样子，否则，他为何总是要与她争吵，而且，争吵过后，又根本不放在心里？美兰知道刘志国的父母，是争吵惯了的，她只去过他们家三次，却每次都会碰上他的父母因为鸡毛蒜皮的小事大动干戈，而且他们争吵，可以将美兰视若无睹。刘志国似乎是习惯了，在他父母争吵的时候，照例给美兰夹菜，好像什么都没有发生过。美兰从小在和睦的家庭里长大，父亲虽然严肃，但从来不对她和母亲说粗话，所以跟刘志国在一起后，她一度觉得是自己幸福太多，才导致而今总是争吵不断，而且，想要分开的时候，才发现已经逆不过时间之河的强大冲力。

但快要睡觉的时候，刘志国还是敲敲门进来，在美兰背后抱了她一下。这一个拥抱，让美兰心里的种种凉意，又淡下去了。美兰想，大概，受了林淑离婚和秦笙不婚的影响，她真的有了婚前恐惧症吧。

恐惧归恐惧，婚还是要结的。尤其，是在北京的于飞已经慢慢失去了消息之后，似乎，当初的种种热烈痴缠，都只是昙花一现，怒放过后，便再无生命；而唐放的若即若离，不过是生命里的一种温暖，像美兰来月经时抱着的热水袋，或者，是有闲时的一杯热咖啡，只是想起或者用到的时候，会觉得感激，但事后便又淡若无痕，真正与她朝夕相处的，还是刘志国一个男人。所以，婚宴当然要提上议事日程，不能再拖下去了，因为，美兰的父母，也在电话里，提及起多次了，她不能不给双方的父母，还有周围的同事，一个交代。

既然是给别人而不是给自己交代，那么婚宴当然不能够马虎，因为刘志国那么爱面子，而美兰也不想让那些八卦的同事们，觉得美兰活得多么寒酸，或者缺乏体面，尽管，她其实并不在意是否真的寒酸体面。

刘志国时间不多，婚礼的策划方案便只能美兰接过来做了。美兰对此毫无经验，想了想，大约就是定好时间地点，寻找合适的司仪，定好需要宴请的人员名单，安排好贵宾和普通宾客的位置。如果她想麻烦一点，或者说让人瞩目一点，那么自己写好串台词或许显得必要。在参加过N次同事或者熟人的婚宴之后，美兰发现，不管新郎新娘长相如何，在找来的司仪口中，都是千篇一律的貌若潘安与西子，夸起来不外乎是风流倜傥、灿若桃花或者才貌双全、美若天仙之类。美兰不想让自己的婚礼，办得如此油滑和世俗气，她希望有西方教堂婚礼一样的安静、美好，且充满了感恩。所以婚礼上的节目，她要自己亲自编排，每一个环节，都力求做到完美。尤其，是婚礼上最容易出彩的游戏与歌唱表演环节。

美兰有些拿不定主意，自己刚刚来，就办婚礼，要同事掏喝喜酒的钱，是不是显得有些脸皮太厚？跟人家还不熟悉，就要人家掏钱，也有些不好意思吧？可是，如果因为不想让人家花钱，就不请这些人，那他们知道了，是不是又该觉得自己瞧不起他们？尽管她那些结婚的朋友同学都希望人越多越好，至少能靠结婚挣上一笔装修费。想到这里，美兰又觉得有些烦乱，好像，这个结婚仪式，是为了将那些送出去的钱，收回来，或者，专门为了那点装修费而办的。

刘志国听了却很赞同这个观点，他拿出一个小本来，将这几年送出去的那些钱，加了一下，竟然有上万元了。他将小本往美兰面前一推，说："你瞧，如果不办喜宴，我们多亏，简直是亏大了！这笔钱收上来，我们还能缓解一下经济危机。对了，你那些在江西或者北京的同学，也要一一通知到，如果知趣的，会给你寄钱过来，如果不知趣的，假装路途遥远，死活不提当初你给他们随的份子，那么这样的人，也可以看出以后不值得交往了。"

美兰吃惊地看了刘志国一眼，道："你也太世俗了吧！一二百块钱就让我跟人家断交？"

刘志国跷起二郎腿来，点了一支烟，用力吸了一口，说：“也不是说让你断交，反正以后你在这边，也用不着他们了不是？既然他们装傻，那你何必还要认真去结交呢？”

美兰因为刘志国的这番话，突然觉得有些孤单。他跟随刘志国来到这个城市，也便与以前的朋友和同学，隔得远了。她的许多好友，都在江西，尽管平日不常联系，可是美兰想起他们，还是会觉得温暖，就像一片叶子想念一束根或者一抔泥土一样地深情与不舍。她在这里也开始慢慢有了一些新的朋友，比如林淑比如唐放比如秦笙，可是，她还是会因为思念遥远的故乡，而觉得在这个城市里孤独。而今刘志国说，让她不必再认真结交，因为，她以后在实际的生活中，用不到他们了。这听起来有些残忍，可是美兰知道，事实上，她真的因为很少再麻烦到这些旧日的朋友，而在忙碌中，忘记了与他们联系。而今，因为自己结婚，再通知他们，或许，真的会让人觉得，是在讨回那份送出去的礼金。

这样想想，美兰对于将结婚的喜讯，告知那些旧日同学朋友，便有些犹豫，这样的犹豫，跟究竟通知哪些同事参加喜宴一样，左右为难。刘志国说他所有的同事和领导，都要宴请，来不来是他们的事，请不请则是自己的事，如果别人觉得关系淡漠，没到吃喜酒的份儿上，那就可以不来，反正，他的礼节尽到，就OK了。

美兰做不到像刘志国那样心胸“开阔”，完全靠关系说事，她想了想，还是要咨询下唐放，因为他对周围的同事最熟悉，肯定能给自己一些意见。至于林淑，她不想去叨扰，因为跟秦笙“谈判”的结局，她还没有告诉林淑，其实是有些不好意思告诉，不知道怎么对她解释突然而至的转折。而且，她相信林淑的观点，肯定是能请的都请，反正钱不怕多，就像林淑给儿子淘淘办生日Party，不只请了淘淘的小学同学，连未曾谋面的同学家长也给叫上了。美兰问她何必这么折腾，她却说活着就是为了折腾嘛，而且将来儿子的这些同学家长，或许，也能够用得着呢，她是最不怕认识人多了。美兰听了不免小心眼地想了想，当初林淑主动过来结识自己，不会是为了将来她儿子考艺术学院方便吧？

隔天美兰电话唐放，唐放听了没有立刻回复她，而是问她哪天有空，让她将存放在家里的画作搬到他的“盛唐工作室”来，因为他的工作室已经慢慢开展起来了，他可以在她过来的时候，顺便为她要筹办的婚礼支些招。

美兰有些犹豫，但还是抵不住电话里唐放魔力般的嗓音，答应整理好了周六的时候去送。

美兰收拾画的时候，刘志国惊讶道：“咦？你的画终于可以见天日了，也不枉你辛苦读博士三年所花费的钱了。”美兰不理会他的刻薄，继续收拾东西，但在看到那株模仿唐放的桃花作品时，却停了下来。她想了想，将那幅画卷了起来，放入抽屉。刘志国眼尖手快，拿过去，展开来，而后啧啧称赞道“这幅不错，肯定能卖个大价钱，你可得给那开工作室的同事说好了，别便宜卖了。”

美兰没好气道：“这幅我不卖，留着自己看！”

刘志国斜眼扫她一下：“哦，你还真的高雅起来了，这又不是古董，留着只能贬值，现在有人帮你代理销售，还不赶紧拿过去处理掉！”

美兰气坏了，站起来朝刘志国胸前砸了一拳：“这是我的作品，不是被处理掉的垃圾！”

刘志国被美兰砸晕了，瞪眼看她一会儿，才道：“不就是几幅画吗，过不了几天，就换成我们急需的钱，并花到房子上去了，何必这么较真呢，你还以为自己真的是艺术家了啊！你们美术系这些老师，顶多算是画匠而已。”

美兰用力地将刘志国推出书房去，又“砰”一声关上门，而后坐在书桌前，看着那幅被刘志国展开的画，眼泪突然就流了下来，打湿了那一树怒放的桃花，其中一朵的颜色，被洇湿了，胭脂红的花朵，如在雨中，经不住那重量，慢慢坠下去，坠下去……

周六午睡起来，美兰拿了昨天晚上彻底整理好了的一大袋子的画作，去见唐放。到盛唐工作室的时候，刚刚有一些工人将唐放放在家里的许多作品，给搬运过来。美兰放下手头的东西，便做起了搬运工。唐放也不跟她客气，一一告诉美兰东西的摆放位置。

最后结账的时候，工人们以路程比预计的远为由，多要一笔，唐放开玩笑，说："搬运工我还帮你们省了一个呢！"说完了朝美兰一努嘴，美兰笑，不想旁边一个小工快嘴道："这哪是搬运工啊，分明是老板娘，她那是帮你做事，不是帮我们，是吧？"

美兰看着那个有些天真的小搬运工，脸红红的，不知道该如何回答。唐放却接过去道："嗯，你说得对，老板娘是帮我做事的，就冲你今天这句话，我多给你们100块。"

搬运工们高兴离去，美兰却嗔怪道："外人面前，别开这样的玩笑，传出去还以为我真想霸占老板娘的位置呢。"

唐放一抬眼，笑眯眯道："难道，你不想做盛唐工作室的老板娘吗？"

美兰心里升起一股热辣的火焰，她躲开唐放炉火一样的视线，借口手脏，去画室后面的洗水池旁洗手。她洗得很慢很慢，似乎，要将心里的那团火，也一起给浇灭掉。洗水池的上方，有一方镜子，她抬起头，恰好看到后面卧室里的一张床，床上有些凌乱，一看就是唐放起得晚，还没有来得及收拾，他的睡衣和一条脏了的牛仔裤，随便地搭在床头。又有一幅未完成的画，在床头旁的书桌上摆着。美兰看不太清是什么画，但从轮廓猜测，大致是一个人像作品。不知为何，美兰看到那幅慵懒摆着的画，突然觉得栖居在这小小房间里的唐放，作画的时候，一定孤独极了。

美兰洗完手出来，看到唐放正在看自己提来的那些作品，便有些不好意思，说："你觉得不行的，就统统扔掉，千万别客气，我是看不出好坏，所以都提来了，只怕会给你的仓库或者垃圾桶添一些麻烦。"

唐放将烟灰掸落在旁边的水杯里，美兰看了，立刻责怪："看，多脏，怎么再喝水呢，下次我给你买个烟灰缸来。"唐放头也不抬，嗯一声，说："谢谢老板娘。"美兰轻轻打他一下，低低道："别这样胡乱说好不好？"唐放这才从她的画里抬起头来，将一个优雅的烟圈吐出来，挡在他和美兰之间，等那烟雾慢慢消散，美兰又重新看清了他的脸，才听他用一种梦境般的迷离语气说道："烟雾缭绕在我们两个人中间，真美，我若是能画出来，一定隐喻极了。”

美兰没有料到他说出这样一番话来，但看他一本正经的样子，不像开玩笑，便也认真想了想，附和道：“嗯，的确是一幅很有味道的画，能够凸显出男女两性在这个世界上的对立与融合。”

唐放听了，看着美兰，突然就怔怔地来了一句：“美兰，我们是对立的，还是融合的？”

美兰笑着低下头去，不知道该如何回答唐放这有些魔怔的问题。唐放常常这样类似于自言自语地问一些奇怪的问题，所以她也见怪不怪，全当是艺术家的痴傻表现。不过她喜欢的，大概就是唐放的这种间歇性的痴傻，这让唐放跟艺术学院的其他老师们，很明显地区分开来。

在这所大学，大家提起艺术学院，嫉妒中也带着一股子鄙薄气，嫉妒艺术学院老师的出国机会或者出风头的机会比任何一个学院都多，但也鄙薄艺术学院的老师们理论水平太浅，只会唱歌跳舞画画，肚子里一点文化也没有，说话粗鲁不说，还男女关系混乱，离婚率比其他院系老师能高出50个百分点。

美兰从林淑那里，也是变相地从康乔那里，常常听到别的专业老师对于艺术学院的贬低和讽刺。比较形象的比喻是，艺术学院的老师们，是一只纸扎的花哨的风筝，看着飞得比谁都高，可是扔到火里一炼，什么也没有，只剩下一小撮灰。有外系来讲课的老师，每次上完课，都蹙眉，说，没见过像艺术学院这样差的学生，简直是朽木脑袋，你敲打他们上千下也照例不通气。如果不是为了挣钱，那些被请来讲解艺术理论的外系老师们，根本不屑踏进艺术学院教学楼的大门。有时候看到路上穿得花枝招展又长相娇艳的女生，或者模样周正举止有韩国范儿的男生，老师们立刻会断言，肯定是艺术学院不学无术的空壳学生。

学校开全体老师会议，在阔大的会议室里，一看那些穿着另类的老师们，便知道是艺术学院的。美兰的同事们也知道在外院老师的眼中，他们因为学历低、读书少，形象上便矮了一分，所以也都自动自觉地扎堆高谈阔论，于是外院的老师们更不屑地指点说：瞧，有其生必有其师，学生上课时一幅吊儿郎当的样，老师果然也好不到哪儿去！

尽管美兰是北京知名美院的博士，可因为身处这个环境，也免不了在周围人议论时有些小自卑，所以但凡出去，需要自我介绍的场合，如果别人不问，她一律自动隐去所在学院，只报出大学的名字。否则，如果她加上艺术学院的名字，听的人必定会意味深长地轻轻“哦”一声。

所以美兰对能在艺术学院找到一个热爱艺术又热爱读书，且有些理想的老师，常常切磋和交流，不抱希望。后来结识并慢慢了解了唐放，才渐渐对周围的老师们生出一些信心，想着，还好，并不全是传说中热衷穿貂皮大衣出行全打“飞的”的一群人。

但在其他学院都实现了差不多一半老师都是博士学历的大学里，美兰的身边，还有本科学历的老师，这一点，多多少少，还是会有些交流上的阻隔，尽管，她从来不觉得学历真的就代表学养水平。

所以她喜欢和唐放在一起，除了因为他们在创作思想上，有许多共通的地方，更重要的，是她欣赏唐放这个男人的深度，她觉得站在他的身边，就像对了一潭深邃的泉水，他嬉笑也好，故意轻薄也好，都不能削减他在她心中的地位。那种注视他这泓清泉时微微的眩晕感，让美兰依恋不舍，她甚至愿意做一片秋天的叶子，从枝头悠悠地飘下来，恰好，就落在它温暖的泉心里。

美兰这样想着的时候，不知不觉，就微微笑起来。唐放放下手头美兰的画稿，问她：“笑什么呢？这么甜蜜，难道，是因为你要结婚了吗？”

唐放的这个话题，倒是恰好提醒了美兰。但她也因此立刻像个待嫁的新娘一样，飞起一片羞涩的红晕来。

唐放喝一口水，看着美兰道："看得出，你很期盼这场婚礼，是吗？"

美兰不知道该点头还是摇头，她很想告诉唐放，其实，她对婚礼没有一点儿感觉，她只想安静地生活，而生活的幸福与否，不需要任何人的见证。可是最终，她只是发了片刻的呆，而后问唐放："你说，咱们系的同事，是不是都需要请呢？"

唐放托腮沉思一会儿，而后道："当然都需要请！怎么说，也是同事，你漏请了谁，说出去，都会影响以后的关系。不过，我除外，你可以不必请我，我去不去，都无所谓。"

美兰脱口而出："为什么你不去？瞧不起我，还是不屑参加？"

唐放歪头道："你觉得呢？我是不屑参加，还是根本不想参加，不想看到你穿婚纱走到另外一个男人怀抱里去的幸福？世界上还有比看着一个心爱的女人，与另外一个男人牵手，更残忍的事吗？你是在拿刀子插我的心呢，美兰……"

美兰转过身去，不看唐放，半天，才吐出一句："唐放，你别自作多情，我根本，不喜欢你的。"

美兰这句刚刚出口，唐放就从身后将她强行扭转过来，正对着他。唐放的左手，扭疼了美兰的臂膀，他的右手，从桌上一堆画里挑出一幅，而后打开来，道：“你不喜欢我吗？真的是我一个人自作多情吗？美兰，你的秘密，都在这里！如果我不懂，我就是一个傻瓜！”

看到那幅还留有美兰眼泪痕迹的桃花画的时候，美兰惊叫起来：“你怎么得到的这幅画的？我明明记得自己收起来了！”说完后她又大悟，这一定是贪财的刘志国，昨晚偷偷塞到她的一堆画里去的。

美兰有秘密被人洞穿后的无所适从，她觉得自己像一尾被捉上岸来的鱼，有离开了自由海洋的孤单，头顶上的白炽灯，此刻像极了刺眼的太阳，照耀着海岸上不知如何回归到隐秘大海去的自己。

美兰有些疲倦，她微微闭上了眼睛，也就在这一刻，她听到另外一尾鱼，游弋过来的响声。那种声音，带着紧张的气息，好像与美兰一样，用力太深，因此移动艰难。又好像，是太小心了，因此犹豫不决，在海上和沙滩之间，进退两难。

那条鱼，到底还是上岸了，并用焦渴的双唇，急切地、盲目地，找寻着另外一条鱼的湿润温暖所在。美兰好像被致命的海啸给席卷了去，她在那股巨浪的中心，似乎永久地失去了知觉，她只能凭借着感觉，躲避着那股呼啸而来的巨浪，可是，这样的感觉，在能量巨大的飓风面前，势单力薄，终于到最后，失去了抵抗的力量，彻底地，沦陷在那股来势迅猛的巨浪之中。

美兰已经完全失去了抵御唐放亲吻的力量，她只知道，面前的这个男人，此刻，犹如一只凶猛的野兽，或者某片肆虐的海域，再或是咆哮的森林，撕扯的枝干，飞奔的马匹，她除了被他带着，飞往那无边无际的天空、草原、大地，没有别的办法。她已经停不下了，除了继续奔跑，气喘吁吁地，呼吸窒息地奔跑。

世界上如果有天堂，美兰想，那么一定是唐放给予她的。他的吻，犹如一个因为自信而显得霸道的魔术师，将最绚烂缤纷的一个世界，只是轻轻一点，便呈现给美兰。美兰陷落在浓郁的芬芳里，不能够逃离，也不想逃离，她追寻着那馥郁的气息，一路走，一路走，一直走到鲜花没有尽头的阳光下，躺倒在那里，无力再起身了。

美兰什么也不想了，她任由唐放沸腾的吻，重重地砸在她的唇上、发间、耳际、脖颈、锁骨、脊背、乳房。她忘了世界上所有的约定与诺言，忘记了婚宴，忘记了于飞，忘记了刘志国，她只想贪婪地、放肆地、带着一种羞耻感地，与唐放缠绕在一起，生生不息，世世不止。她需要他，她一直都需要他，只是她不承认。她愿意他的唇吻遍全身，愿意让他在她的身上，卡上一个又一个印章，她要让他私有了她。世界上还有什么，比私有一个人，更美好更纯洁呢？

美兰像一条鱼一样，将那些束缚在她和唐放之间的厚厚的鳞片，一片一片地剥去，疼痛，火辣辣的疼痛一阵阵地袭来，可是，她是快乐的，她在飞翔，在唐放掌心的爱抚里飞翔。她需要他的大手，一寸一寸，丈量过她的肌肤，就像，一个农人，丈量着属于他的土地，他需要在这片土地上，撒播下饱满的种子，等待秋天，收获累累的硕果。

可是，一阵急促的手机铃声，却如冰雹一样，无情地砸下来，并在美兰的耳边炸响。她突然就从那股巨浪中，跌落下来，摔在沙石粗粝的海岸上，并渗出鲜红的血来。美兰的脸，生出一阵火辣辣的疼痛，她看见自己已经半裸的身体，还有唐放局促的单人床，床头乱七八糟堆着的颜料与笔墨，突然就觉得内心羞耻不安。

美兰猛地推开唐放，又用衣服遮住起伏不定的胸脯。她将脸深深地埋在衣服里，低低地，却不可抗拒地，命令唐放："你出去，不要待在这里，对不起，对不起，对不起……"

唐放俯身过来，想要抱住美兰，她却很敏感地觉察到这股带着海水般咸湿味道的气息，迅速地躲开去。唐放的手臂，落了空，在隔了窗帘射过来的暗淡光线里，悬着，过了片刻，终于无助地落下去，低头，看着美兰埋在衣服里的蓬乱的脑袋，道：“美兰，我只想让你知道，我爱你，是真的。”

唐放说完，便收拾好衣服，起身出去，并随手将门虚掩上。美兰听见那脚步声渐渐远了，才抬起头来，摸索着拿出衣兜里的手机，然后看到于飞的未接来电，还有，刘志国的一条简洁短信：“12点速到百花大酒店，齐志高宴请宾客。”

美兰打车赶到百花大酒店的时候，神智还有些模糊，好像，她还依然与唐放在疯狂的激情之中，她去洗手间，努力地晃晃脑袋，想要将唐放附在她身体里的魂魄甩开去，可是却无用，他的味道，植入得太深，好像，早已经驻扎在那里，生出了根须。

看到美兰推门进来，刘志国一愣，美兰看到他的眼神，下意识地摸摸脸颊，似乎那里遗留下了唐放的激吻，混合着灼伤般疼痛的激吻。美兰后悔没在洗手间镜子里，仔细看一眼自己的面容，她猜测是自己的脸色太红了，所以让刘志国心生怀疑。他定睛看了她片刻，而且，有些不悦地问：“美兰，你怎么了？脸怎么那么红？不会是背着我做了什么坏事吧？”

美兰立刻生气道：“自从我们认识，也有7年了，你无时无刻不在怀疑之中，你这样做，不累吗？我的那幅画，是你放到兜里去的吧？”

刘志国没料到美兰这样质问他，他似乎想反驳的，但又下意识地看了看手腕上的表，道：“别在这里吵了，齐主任马上就到了。”

两个人在预定好的房间里静默下来，只听见走廊上服务生快速走动的声音，和对来往客人亲切又有距离的招呼。美兰看着手腕上依然留存的唐放轻轻咬啮的齿痕，脸再一次烧灼起来。

齐志高带着女儿还有妻子推门进来的时候，美兰特地仔细看了一眼他的妻子，并从已经有皱纹的眼角上判断，这个是他的前妻。

果不其然，饭菜陆续上着的时候，齐志高的前妻就因为一句话跟他生了气。齐志高拿出女儿的业余作品来，指着给美兰看，又说，女儿齐悦将来肯定是考中央美院的料。不料他的前妻即刻反驳道：“你留那么多钱干什么？全给那小妖精花吧？说好了将来让齐悦出国，去法国学习绘画的，现在就目标缩水，成了中央美院了！只怕将来你和小妖精再有了新的孩子，连这美院也上不成，改成本城大学，说不定，就跟着美兰老师读呢！”

美兰听了心里有些别扭，似乎自己跟着被贬低了，好像他们家女儿来这里学画，完全是看得起她。齐志高大概也觉得不好意思，赶紧用夹菜吃饭等一些废话，岔开了话题，又热情洋溢地问美兰在这里是否适应，说，他虽然官职不大，可是在G城，借助于媒体这个资源，也算是结识了很多有用的人脉，所以美兰和刘志国，若有什么难事，尽管找他。

美兰觉得这语气像主任陈大力或者副院长陆卫东，有些故作豪迈的官腔。不过刘志国却早已被感动地站了起来，又在下面揪了揪美兰的衣袖，示意她也站起来一起敬酒。美兰不得已站起来，可是听见刘志国有些讨好地感谢主任齐志高，说多年来全靠齐志高栽培和赏识，否则在G城一点位置也没有，美兰便有些反胃，她还很少跟随刘志国参加这类宴请。而刘志国的激动之处，大概在于齐志高单独宴请了自己，所以有些受宠若惊。美兰当时很想提醒他，现在是齐志高求她办事，何必卑躬屈膝，百般谄媚，就不能有点骨气吗？

刘志国显然看不出美兰的脸色有些变化，喋喋不休地讨好完齐志高，转而讨好他的女儿齐悦，然后又吹捧齐志高的前妻面色红润、气质颇佳。

美兰看着阴沉着脸在女儿身旁坐着不发一言的前妻，有些想笑，又觉得不妥，便刻意忍住了。想着女人一对钱斤斤计较了，脸上为何就面如菜色呢？好像所有的光泽都跑到人民币上去了。倒是那个没心没肺只顾吃螃蟹肥硕大腿的女儿齐悦，既不理齐志高天花乱坠般的吹嘘，也不理妈妈那张化妆品能揭下来卷京酱肉丝吃的面容。美兰看着这个不搭理父母婚姻悲伤的00后小女生，想着这一代人真强大，比她的90后学生们还波澜不惊，竟能做到父母吵架而自己如入无人之境。

为了看一下这个叫齐悦的女孩究竟有没有绘画天赋，美兰指着房间里一幅不知出于现代何人之手的春游图问她："悦悦，你如果表现春游，会用什么方式呢？我是说，画面上应该有哪些东西？"

齐悦漫不经心地啃着一只鸡腿，斜眼瞥了下墙上的春游图，口里含着一大块肉，含混说道："应该有一个山坡，山坡阳面是我和我妈，山坡阴面是我爸。"

美兰听了乐道："嗯，你这个创意很有意思，为何要有阴阳之分呢？"

齐悦用力地咽下鸡肉，道："这还不明白，他们两个离婚了，就跟人死了一样，阴阳之隔了呗，当然了，我爸在阴面也过得很好，应该将我爸第二个老婆也画上，这才圆满。"

如果不是饭桌旁正坐着齐悦的爸妈，美兰肯定会笑到肚子疼。可是看到齐志高的脸腾地变了颜色，他的前妻也脸色怪异，而刘志国更是手足无措，差一点儿就急出汗来，美兰就觉得自己问的这个问题实在有点太二，事实上，应该说齐悦回答得太二，不过是10岁左右的小孩子，怎么就对婚姻有了这样堪称精辟的看法呢？

但是既然齐悦都这样说了，美兰只好补救道：“嗯，悦悦的想象力很好，将来肯定能画出一番天地，齐主任将来还真得送女儿去国外读书呢，否则浪费了一个好苗子。”

这一番马屁一拍，齐志高的前妻先骄傲地笑了，齐志高也解除了尴尬，端起一杯酒，道：“就冲伯乐您一句话，今天我也得喝干这一大杯酒，表示对您的谢意。”

说完了齐志高便仰头将一杯酒落了肚，美兰看着他面不改色的样子，真佩服，想：不愧是领导，喝酒跟喝水一样，眼睛都不眨一下。

不过美兰酒量不行，也不愿像刘志国一样，激动得满脸通红。她站起来给齐志高倒上一杯新的酒，而后又斟满自己的，一个无比敬意的眼神之后，便仰头喝酒。美兰只是稍稍喝了一口，意思一下，便微笑着坐下了。

美兰的这点小心思，换来了刘志国悄无声息的一个白眼。美兰却装作没看见，笑着听齐志高的前妻介绍自己女儿从小是如何苦学绘画钢琴舞蹈等等的，时不时地，附和上两句。

两个女人和两个男人都各自正热火朝天地聊着，齐志高突然就停下话题，扭头问美兰："美兰老师，听志国说，你们今年秋天要办结婚喜宴是吗？那到时候我帮你们做代东，保证招呼得宾主尽欢，人人满意。"

美兰看了刘志国一眼，点头回道："嗯，多谢齐主任这么照顾我们，到时一定将你和嫂子奉为上宾！"

美兰说完这句发现自己又错了，她忘了齐志高是再婚了，当着他前妻的面，这嫂子的称呼就有些暧昧多义。不过刘志国聪明，马上朝着齐悦补上一句："悦悦，一定要跟着美兰老师好好学习哦，到时候希望你能画一幅画，送给我们做结婚礼物，而且，我们还要给你和妈妈一起敬酒，你喝红酒，美容的。"

齐悦一昂头骄傲道："我才不用美呢，要美也是我妈美，我还是祖国的花骨朵，没败呢。"

一桌子人哈哈大笑，刘志国则趁热打铁，拍拍齐悦的肩膀："可不是，看我们祖国的花朵多娇艳，不用任何化妆品都比美兰老师漂亮。"

美兰听了没表现出什么，依然笑着，可是心里却恨那刘志国，嘴上功夫越来越油滑了，都不惜贬低她来抬高一个领导的女儿。她还装作无意地仔细看了一眼刘志国，突然间觉得，他长得也越来越烟火气了，她怎么就没有注意到，他何时挺起了将军肚，领带也打得笔直，而且，头发还梳得油光滑亮，说话的时候，也学会了点头哈腰，给齐志高点烟的姿态，老道极了，真像话剧《雷雨》里的仆人鲁贵。她记忆里的刘志国，一直还是停留在研究生时代平头运动装的形象呢，怎么一转眼，就成了30岁上进的中年男人？

这顿饭因为这个插科打诨，一桌人都吃得无比欢快喜庆。当然，除了美兰。她觉得这顿饭有些闹腾，她的心，似乎还停留在唐放的手心里，他小心翼翼合拢着的手心里。她忽然想回去，回到唐放那里去，什么也不做，就躺在他的身边，闭眼睡上一会儿。

午宴散后，美兰在家里教齐悦画画，从最基本的素描和线条开始。齐悦画得挺认真，对着美兰放在家里的一盆水仙花，安静地画着。美兰一边看着她画，一边随手拿起有短消息发来的手机，打开收件箱，然后看到于飞的一句话：美兰，下个月，我去G城，出差，并见你。

在于飞的短信来之前的一刻，美兰的心里，还在想着唐放，想他有力的臂膀，想他温柔又放肆的亲吻，想他吸烟时霸气的样子，她甚至还想好了，隔天有空，要去精品店铺里，给唐放买一个烟灰缸。可是于飞的短信，忽然让她想起在北京时，她跟于飞也曾经相似的燃烧般的激情。她还曾经对于飞说，会一辈子都想念他，可是，不到一年的时间，她却在另一个男人的怀抱里，这样不能自拔。

美兰想起于飞在送她离开北京去往G城的那天，在飞机场，抱着她，说："我等你，美兰，也不允许你忘记我，爱上别的男人。"而她，也在他的手臂上，咬下一个深深的印痕，她还抱着他大哭，说："为什么他没有更大的力量，将她挽留住呢？难道他不知道，她不想到G城去，她只想爱他一个人吗？"

这些话，在美兰的心里，刀子一样，翻来覆去地划着，一直划到她疼得忍不住了，流出了眼泪。那眼泪有那么一滴，打落在桌子上，旁边的齐悦抬头看一眼美兰，并没有表现出惊异，而是说："老师，我妈妈也经常这样一个人无缘无故地哭，不知道为什么，难道女人长大了比小时候还爱哭吗？"

美兰听了忙忙地擦去眼泪，没回答她的问题，只是看着她的画勉强笑道："悦悦，你的画挺好，只是缺少一些神韵，其实你面前的水仙，不只是一盆植物，它是有生命的。"

悦悦歪头道："那么它也会哭吗？嗯，一定是，你看水仙的根肿了那么大个，那是眼泪积得多了，就像我妈妈的眼袋一样，我觉得也是哭的。"

美兰这次真的笑了，她想生在离异家庭里的孩子，果然都是早熟的。只是这样的早熟，多少，有些让人心疼。

美兰在齐悦走后，才回复于飞短信，没说有没有空，却岔开话题，说，自己很快要办结婚喜宴了。于飞很快回复过来一句话："但我还是要去见你，不管，你还爱不爱我，等不等我。"

于飞这句话，让美兰又想起他常常像个孩子一样，冲她撒娇耍赖，叫她小妈妈，用无辜的眼神看着生气时的她，电话里亲吻她时，婴儿一样，发出"妈妈"的声音来，有时候会偷偷看她，或者在背后抱住她，吻她的脖颈。他的舌尖总是甜的，美兰问他是不是每次见她，都要吃口香糖，他立刻很认真地摇头否认。但他的唇的确是暖的，香的，春天的风一样，巧克力一样，桐花一样，美兰在那种醉人的气息里，忘了天日。

美兰看着短信发了一会儿呆，然后回复两个字过去："嗯，好。"

美兰去上课的时候，恰好在校园里遇到秦笙，这还是两个人自从上次相谈后，第一次见面。美兰立刻想起喜宴的事，问她有没有什么建议。

秦笙歪头笑道："建议没有，意见倒有一条。"美兰也笑，问是什么意见。

秦笙道："就是为什么不想着请我这样好的歌手去给你唱歌呢？你忘了我是学什么的了吧。"

美兰恍然大悟："啊，可不是，真的没想起来，身边还有一个免费乐队呢！那么定好了，到时候乐队你来负责，嗯，礼金钱就可以免了。"

秦笙乐："你挺会算计，不愧是马上要进入婚姻的女人呢，对了，你们领证了吗？"

美兰摇头："还没有呢，暂时还不着急吧。"

秦笙点头："嗯，是，别着急。"

美兰不解："为何不建议我着急呢？"

秦笙耸肩笑："没什么，只是我个人看法，觉得男人没有女人靠得住，结婚，还是等到要办喜宴的时候，再领也不迟。哦，不是打击你，这完全是受了最近我一个同学的影响，她刚刚领证，第二天就去换证了。当然，这实在是个案，不具有代表性，听说他们把民政局所有工作人员都给吓住了，以为他们两个是闹着玩呢，不想真的要离。"

美兰惆怅："唉，秦笙，你这样说，我都不想结婚了呢，不知道这婚姻，是不是真的是爱情的坟墓，我这快要进坟墓的人了，你可得好好祝福我一下。"

秦笙乐："啊，可不是，我还在坟墓外面逍遥呢，你先去探探风，如果坟墓里面还透气，回头告诉我，我说不定也进去呢。”

美兰听完这句，突然想起康乔来了，忙试探问道：“哦，秦笙，你和康乔，怎么样了？”

秦笙似乎有些欲言又止，美兰赶紧补充道：“抱歉我不该问这个呢。”

秦笙连忙摆手：“没有什么，我只是觉得男人真的没有女人可靠坚定的，不过我也本来没有对男人抱太大的希望，所以，我还没有结婚的打算。”

美兰大致明白了意思，猜测两个人之间，应该是康乔又被林淑和孩子给合力牵制着，在做不定期的挣扎和摇摆。

怕让秦笙伤心，美兰借口去系里向她告了辞。她到了办公室，习惯性地，朝老师休息室看了看，见里面空荡荡的，唐放的军绿色挎包，也没像往常那样，放在椅子上，便有些失落。正发呆，听见后面有人叫她：“美兰老师！”

美兰回头，看到是李小濛，便应道：“嗯，李小濛，有事？”

李小濛嬉笑道：“上次我那个男朋友，还不错吧？”

美兰想起李沧贺，吓了一跳，赶紧小声劝告道：

“李小濛，你知不知道李沧贺已经——已经结婚了啊?!”

李小濛看见美兰脸上的惊讶，很不以为然道：“知道啊，怎么了？这似乎也没有什么大不了吧！我们班还有一个学生，跟咱们系一个已婚男老师谈恋爱呢，你不怎么来，大概都不知道吧？”

美兰心里紧张起来：“谁？哪个老师和学生？”

李小濛又笑了，有些神秘地凑近美兰的耳朵道：“我告诉你，你不准告诉别人哦，学生，是我们班班花二号夏青，至于老师嘛，你猜猜看？”

美兰着急得要死，催促李小濛：“别卖关子了，快告诉我究竟是谁？”

李小濛将食指放到唇上，“嘘”一声道：“唐放老师，当然是唐放老师，他可是我们系老师里的一号帅哥！知道不？其实我们大一的时候，夏青就开始追求唐放老师了，那次唐放老师带我们去云南写生，夏青天天晚上想缠着唐放老师，可是唐放老师都不正眼看她，结果，夏青一气之下，勾引了住在我们隔壁的一个剧组的男二号，而且，还怀孕了，差一点儿就被开除了，是唐放老师替她说情，她也打掉了孩子，才没酿成大错。这事在您来之前，可是轰动全校呢！这不，两人不知怎么地，最近又旧情复燃，至少，夏青看上去很是春风得意，上唐放老师的课，就属她的声音最响亮，唐放老师也满眼都是爱意哦。我们女生们，都吃醋呢。”

美兰终于想起在处理学生打群架事件时，唐放曾经讲过的那个故事，那时她还笑唐放幽默，不曾想，原来，这个故事有这样的背景。美兰还记得，在唐放的讲述里，女生夏青曾经站出来说，这事跟唐老师一点儿关系都没有，全是因为她爱那个男二号，也愿意为他生个孩子。

美兰的心里，卷起一阵惊涛骇浪，将她整个地都盖过了，她在大浪里，想要奋力奔逃，却已经窒息得连奔逃的力气，也没有了。

李小濛晃一晃美兰的胳膊，小心道：“美兰老师，你怎么了？没事吧？”

美兰这才觉得回到陆地上一样，慌慌地掩饰道：“没什么，就是最近有些头晕，可能身体不太好。”

李小濛关心地将手放到美兰额头上试了试：“嗯，有点凉呢，老师你好好休息吧！哦，对了，我晚上都回宿舍睡觉的，你不用担心我呢。”

美兰等李小濛走后，一个人在休息室里，唐放常坐的椅子上，坐了一会儿。她的眼泪，控制不住地流了下来，她想自己哭什么呢，她不能够和他在一起，为什么就不允许他有新的值得寄托的情感呢？不管，这份情感是被世俗所指点，还是唾弃，终究可以给他带来一丝的慰藉吧。既然他已经寻到了新的一株桃花，那么，她也可以转身走开，安静地去办她的喜宴了吧。

这样想着，美兰就拭干了眼泪，走到教师活动室去，那里果然有许多老师在下课后，活动腰身。她觉得自己像一轮新鲜的太阳一样，很欢快地走过去，参与到他们中间，跟他们打一会儿乒乓球，或者开开玩笑，讨论一下最新的衣饰，像任何一个已婚的女人一样，带着一种归了巢的倦怠与安稳，不再思及其余地加入到平庸琐碎的日常里去。

美兰也不知道都给谁说了自己定在秋天结婚办喜宴的事情，只记得活动室里一片欢腾，那欢腾不管是真的还是假的，美兰内心都觉得有阵阵凉意。她看看窗外，可是明明，春天早就热烈地来了。

这是美兰来到G城，度过的第一个春天，她想起来，杏花和梨花，都早已谢了。而她，除了结婚，还等待什么呢？

第八章　职称评定送礼事件

学校每年一度的职称评定消息一出来，系里便热闹起来了。一时间出入陈大力办公室的同事，也多了起来。

美兰有些懒于这事，而且她想，是自己的跑也跑不了，不是自己的，再怎么争取也无用吧。况且，当初她来应聘的时候，学院里也承诺过，博士学历，工作的当年，便可以参加职称评定，而且，大致也不会有太多的意外。

不过美兰网上的师兄师姐师弟师妹们，却都劝她，一定要力争第一年就成功评上副教授，这样才会在以后心态更加平和，因为按照规定，副教授到教授之间，要有4到5年的时间才能参评，当然，有重大贡献者例外。

刘志国也催促她，一定去给陈大力、陆卫东和钱江院长及时送点礼，而且很大方地说，花一两千也不为过，因为评上副教授，工资毫不费力地就涨一节，到时上个科研岗位，课时不多，完全可以在家里搞创作挣外快。刘志国还强调说，有了时间，就等于有了金钱，可以想办法办个辅导班之类的，你有资源和能力都不办，真是傻，你看你们学院的老师们，哪个将工资放眼里了，不都是一月外快抵得上一年工资吗？

美兰从来不搭理他这一套，说急了就丢给他一句：“清闲的心态是多少钱能够换来的吗？我干吗活得那么累，你就不能让我轻松一些，过一个女人的生活吗？！”

刘志国每每都瞪她一眼，不再争辩，但却丢一句“不可理喻”过去。美兰也不放在心上，照例不可理喻地过下去，不去送礼，也不像别的同事那样，急吼吼地开始托关系拉选票。

其实美兰早在来应聘时，就从网上看到了艺术学院职称评定的一些规则，大致就是像她这类博士，要想评定副教授，至少要有两篇论文发表在核心期刊以上，而且要完成一定的科研任务，有一定的课时量等等。当然，两篇论文，只是一个最低限制，如果有人发表得多了，或者获奖的作品多了，而名额又有限时，就会将同样是博士的同事，给挤下去。

美兰想了想，系里能够与她竞争的，大概就是张杰吧。刘菲正在读博士，要到明年才能参评。而唐放又不热衷职称评定，几乎没写过什么论文，也乐得做一个普通老师。常青请了产假，虽然同样够了资格，但也要推到明年。至于李琴，她也就是申请助教，与自己并不冲突。其他一些诸如周鹏之类的老师，从发表的论文和参展的绘画作品来看，肯定没她更有竞争力。

张杰大约早就该评副教授了吧，但是中间因为生孩子和去法国学习两年，再加上她30多岁才读了一个在职的硕士，所以职称就一推再推，等到好不容易花钱发了几篇核心论文，才有了机会参评副教授。至于那几篇论文，是不是花钱找人写的，不得而知。不过这也不是什么秘密，在艺术学院，老师们热衷科研的，几乎没有几个，反正赚钱那么容易，随便在外面带几个学生，卖几幅画，唱几首歌，主持几场晚会，都比别的系老师一年挣得多。所以艺术学院的职称，跟别的系相比，始终低上一层，副教授没人家多，教授更是少。年轻老师们对于那评上职称后，只高出几百块钱的工资，也不感冒。三四百块，在当下，够干什么呢？农民工都不如，吃一顿饭就没了，一个月的打车上班费都不够。至于孩子的奶粉，就够买一桶半吧。所以这点诱惑，在物价上涨的今天，形同虚无。

所以，尽管陆卫东几次召开会议，让老师们除了教学之外，一定要注重科研，而且，还实行奖励制度，每在核心期刊发表一篇论文奖励2000—5000元，但是见效还是不大，老师们都会算这个账，发表一篇，只版面费就要两三千，奖励两三千，虽然抵平了，但是那种查找资料的辛苦，还有所耗费的时间精力，如果用到创作上，换来的回报，就不是几千块可以衡量的。当然了，对于其他学院的普通老师来说，能够发表论文还有奖励，真是一笔额外的收入。而且，如果在核心期刊发得多了，评上教授，那些外出讲课的灰色收入也多起来。所以，似乎除了艺术学院，其他学院的老师们，还是乐意托关系发表论文的。一般申请科研经费的文件下放到其他学院，老师们都会暗暗较劲申请；只有艺术学院的老师，无动于衷，要教研室主任百般动员，才有那么几个人，懒洋洋地拿去胡乱填上一番表格。

因此张杰的论文究竟是抄来的还是买来的，并不重要，别人也不关心，反正那论文上署名是她，她就可以拿去参评，增加过审的几率。美兰整理了一下自己的论文和获奖证书，还有参加的画展，差不多，成果也足够丰厚。至少，不太寒酸吧。张杰当然也不次于她，出国进修的经历，给她增色几分。美兰想出国，估计也暂时没有机会，一是陈大力不推荐，二是等着排队出国的人，一大群呢，她的位置，也就在倒数第几个吧。所以前一阵子申请出国名单，她直接连填也没填，后来结果出来，果然是她预料的那几个老师。美兰当时还庆幸，没有浪费时间在无聊的表格上。美兰自从来到艺术学院，但凡有什么申请经费的表格，陈大力都来拿给她填，因为系里只有她比较符合高学历名校毕业等等苛刻条件。但是，这样的表格，几乎百分之百，都是做无用功，学院里实在找不到人了，但又要完成组织上交给的任务，安排到系主任头上，自然便像交代一份好差事似的，给了美兰填。美兰对这类表格的填写，几乎都熟稔于心，刘志国还曾经因此嘲笑她，成了填表专业户。

张杰究竟获得多少名头美兰并不关心，最关键的是，张杰作为学院的“元老”，上至院长，下至看大门的师傅，几乎都知道她的大名。她又擅长语言沟通，三言两语，就将别人笼络到她的门下。据说她当初去法国，名额有限，全院人挤破了头，唯独她不急不躁，但就是这样，她的名字，还是上了出国名单。后来同事们才知道，张杰跟院长老母亲关系特好，有事没事，就去看看，那老太太，对张杰亲得赛过当院长的儿子，所以张杰看似闲聊的一句话，吹到老太太耳朵里，老太太一个电话，打到院长儿子那里去，就解决了。还有人开玩笑说，张杰是钱江院长他妈的干闺女，所以学院里参政议政的，可不只是几个院长主任们，院长主任们的妻子儿子爹妈姨妈们，也有着一席之地。只不过，这些人，不是学院列席，而是在家或者枕头边列席。换句术语说，不是执政党，而是参政党。

所以美兰想，除非是钱江院长他妈去世了，否则，张杰再一过去吹耳边风，那么她也就基本没有希望了。钱江院长他妈当然没有去世，刚刚隆重地过了80大寿，健康着呢。而钱江的闺女，倒也没有听说跟张杰多么亲密。只是，没有钱江，还有陆卫东呢，张杰年轻时听说很漂亮，也是出了名的爱飞男人媚眼，尤其，是男领导。艺术学院那点男女事，本院的人有时不知道，在其他学院却是声名远播。

美兰刚刚来艺术学院，参加一次学院老师的聚会，就见过张杰的社交本领。当时她是新人，所以一进偌大的宴会厅，便下意识地寻找本系同事们的身影，见到李琴赵丽张杰围着桌子坐着，便赶紧绕开热闹的人群，过去安静坐下。每张桌子的次序显然不能乱动，谁和谁靠着，谁在谁的左边或者右边，美兰虽然不懂，但还是看得出来，“等级”秩序谨严。张杰是同事里面年龄比较长的女人，有点元老的意思，所以就被大家一致推坐到上首，而且也说好了，等大家都喝得酒酣耳热的时候，要她带领着美术系女老师们，一起给学院领导们敬酒，帮系里老师们在领导面前说好话。张杰很沉静地点头说没问题，这种沉静，让美兰觉出一种带着胁迫的高傲与距离感，她几乎不敢跟张杰对视，总是在视线擦着张杰锐利的眼睛时，赶紧跳开去。

美兰有些怕那种能跟领导混得可以打情骂俏的女人，觉得她们看似在男人面前妩媚风情，骨子里却有一种比男人还要厉害的霸气与冷静，能够分清什么场合应该风骚，什么场合则该冷淡。张杰恰恰就是这种手段繁多的女人，尽管她的画作，混到了40岁，依然没有多少进步，但是这并不妨碍有好事便会轮到她的头上。而学院甚至学校的男领导们，给予张杰的热情，对美兰来说，几乎是望尘莫及。

那次美兰在角落里，就观看了一场张杰用40岁女人的残羹冷炙之美，讨好学院里诸位领导的好戏。即便是在张杰带领着美术系女老师们，浩浩荡荡绕各个饭桌给领导们敬酒，有些因为人多而主题不清的时候，张杰也是所有女老师里，最扎眼的那个。她故意活跃气氛的笑声，带着一种放肆和挑逗，这让别的女老师们只有喝酒讪笑的份儿，而没有跟领导说话表白自己工作努力的机会。美兰站在人群的后面，觉得张杰像一只领头的羚羊，英勇、善战、锋利，每一个眼神与笑意，都暗含玄机。而美兰自己，则是一株弱不禁风的花草，在张杰这株风情万种的桃树的映衬下，几乎可有可无、形同虚设。领导朝着一群女下属一饮而下的时候，眼神扫过美兰，连做一秒的停顿也不会有。事实上，美兰完全被人高马大的张杰，给遮掩住了。

之后的单独敬酒，美兰没去，因为她觉得一大群人，热气腾腾地一一跟领导碰杯，可是那个领导，未必就记得她没有去过。所以她在角落里，很仔细地看清了张杰上演的一场社交好戏。她几乎跟每一个领导，不管官职大小，从院长到图书馆馆长，都热烈地碰杯、畅聊，只不过，根据官职的大小，而时间长短有所不同，称呼的亲疏有所区别，另外，视线缠绕的疏密也有所迥异。

美兰亲眼看见张杰在跟陆卫东敬酒的时候，紧紧地握着他的手，一张脸放得很低，几乎触着了陆卫东的额头，两个人算得上是喁喁私语。而陆卫东显然喝醉了，很放肆地笑着，还朝一个照相的老师挥挥手，喊道："嘿，快来给我们俩拍张绯闻照！"那照相的老师显然很明白这照片拍不得，一拍就是错，所以打个哈哈就溜走了，留下陆卫东还挥舞在半空的一只有些无趣的胳膊。而张杰则也借着酒劲，将有些受了冷落的陆卫东，拉过来，并附在他的耳边，不知说了一句什么话，即刻换得陆卫东一个亲昵的拥抱。美兰有些好奇，带着看侦探小说的热情，猜测张杰究竟说了一些什么给陆卫东，是开一些情色玩笑，告诉陆卫东这个拥抱让她觉得有些心潮澎湃吗？张杰是系里女老师中，最擅长开情色玩笑的。或者，是拍马屁夸陆卫东今天英俊潇洒到让女人们神魂颠倒吗？总之，美兰可以肯定的是，张杰一定是施展了只有女人才会用的娇柔，博得了陆卫东那样“深情”的一个拥抱。

这个拥抱，让美兰自此就对张杰心存了距离和怯意。她总觉得跟张杰比，自己似乎还是一个在闺阁中，不懂得男女之事的少女，或者一个对成人世界完全不懂的孩子。所以，当她需要和张杰竞争唯一的副教授指标时，她心里忽然就惶惑不安起来。她不知道该如何去做，才能够取得这场胜利，尽管，她对于职称，也没有太多的欲望，只是，当周围同事的眼光，都来“关爱”她与张杰的这场竞争时，美兰还是被这样炽热的瞩目，给灼伤了。

一周后，美兰接到秘书李琴的电话，说让她稍作准备，后天陪同陈大力前往北京参加学术会议。美兰没想到陈大力选择了她作为陪同人员，这是一场画界颇有些分量的学术会议，会议中心发来两份邀请函，要求参与者应该具有博士学历或者副教授以上职称。陈大力自己留下了一份，而另一份，则给了美兰。按照要求，还有其他几个老师，比如张杰刘菲等人，尤其是刘菲，在北京读书，再方便不过。可是偏偏，陈大力只选了美兰。

美兰当然不好意思问李琴，为何陈大力让她去。这样的好事，能全程报销费用，将提交的论文拿去核心期刊发表，还能在会后游山玩水，结识画界人士，更重要的是，能在领导陈大力面前吹吹“耳旁风”，套套近乎，说说自己想要完成的愿望，别人高兴还来不及，她美兰又质疑什么呢？她所能做的，就是用两天的时间，整理一篇以前写过的论文，发给了大会组委会中心，然后，装好拉杆箱，准备乘坐飞机去北京开会。

刘志国帮美兰整理东西的时候，顺手将两条中华烟塞到了美兰的拉杆箱里。

美兰大叫：“你做什么啊？我又不认识开会的那些专家，给人家敬烟也太冒昧了！”

刘志国笑话她：“你也太不食人间烟火了吧，这哪是给他们吸的啊，他们也没这资格，这是让你趁会后休息时间，给你们主任陈大力送的。”

美兰不解：“为什么要给他送礼？”

刘志国白她一眼：“好好想想你最近的一件重要大事是什么？能够提高你的薪水和地位的。”

他见美兰有些疑惑，便直截了当回道：“是职称啊！

你忘了你和单位同事张杰的竞争了吗？只有一个名额，几乎可以确定的是，在同等条件下，陈大力在职称审核专家们面前，主动推荐谁，为谁说些好话，那么谁就是那个胜利者。”

美兰听后反而觉得尴尬：“即便是如此，我也不想送烟给他，让人知道了，好像我这职称是花钱买来的一样。”

刘志国嗤之以鼻：“你以为你清高别人就不暗中使劲了吗？怕是等你想使劲的时候，已经晚了！送礼就那么难吗？不就是说句好话，顺手递过去的简单事吗？你也该将那艺术的心稍稍收一收，回到地面上来了，好歹也即将奔三的女人了，怎么就还跟个校园女学生似的不懂世故不接地气呢？”

美兰每次听到刘志国这一套入世哲学，就没有了任何想反驳他的力气。她都快要听得对这句话毫无反应了，就像日常的吃饭问候一样。她有时候会想，如果自己和刘志国一样，早参加工作三年，是不是也会变得这样一身浓郁的烟火气？或者，是她和刘志国换一下位置，她工作，刘志国继续读博士三年，会不会现在耳提面命的是她？

美兰不敢想，也怕继续想下去。她只是清晰地知道，工作即将一年的她，依然没有适应周围的社会习气，她似乎还待在象牙塔里，没有蜕变，也无从像林淑或者张杰一样自由飞翔。

所以对于如刘志国一样人人以为会有机可乘的这次出行，美兰并没有多么兴奋，反而觉出一种隐约的惶恐和忧虑。这种感觉，她不知道和谁去说，似乎和谁说都不合适，唐放已经与女学生如火如荼，将她忘记了吧；而林淑呢，也久未联系她，大概跟康乔在幸福之中；秦笙呢，又似乎不便让同一个学校的她，知道陈大力的那点“私念”。那么，除了向虎山行，她好像没有别的办法，来阻止了。

路上堵车，美兰是最后一个进入机舱的。气还没有喘匀，就看到飞机中间座位上，陈大力站起来，朝她喊：“美兰，这边来！”陈大力的声音有些大了，引来一些乘客的回头观望，其中几个人，还窃窃私语着什么。美兰见他们脸上暧昧的猜测，脸立刻有些红，而借他们的眼光，看到站着的陈大力已有些微秃的头顶，和浮肿一样的一张胖脸，更觉得自己一身长裙的装扮，有些不合时宜。其实她想要穿得中性一些的，最好是牛仔裤格子衫加运动鞋，让人忽略掉她的性别，可是刘志国立刻否定了她的选择，说这么重要的跟陈大力面对面两天相处的机会，怎么能如此粗枝大叶，不注重仪表打扮呢？陈大力虽然老了，可是和一个年轻女老师出行，如果对方能为他这领导装装门面，他也一定会记得这点好的吧。美兰不想跟刘志国啰唆，只好屈服，找了一件素色有花朵的长裙而后罩了一件白色七分袖衬衫来穿，已经是初夏了，在北京待了几年的经验，让她知道穿夏天的衣服，在此时的北京，是没有错的。

陈大力也果然注意到了美兰的打扮，在她刚刚坐下，还没有来得及喘口气的时候，陈大力就凑过头来，小声道："你今天很漂亮，看上去很像我的女秘书嘛！"

陈大力是在学院里跟别的系老师们开惯了玩笑的，可是美兰却不能适应他的这种亲昵的语气，而且，是故意地凑近了，几乎可以让美兰闻到他口中刚刚吃完了香菇油菜小笼包的味道。美兰觉得飞机里有些燥热，可是里面明明有空调的，看看别人，还有人向空姐要了毛毯来护住膝盖。她又不好脱掉衬衫，露出臂膀来，那样和陈大力靠在一起，会让她觉得心里更加闷热。最后只好朝陈大力笑笑，小声道一句："多谢陈主任夸奖，然后便拿出一本书来，假装看书。"

看了一会儿，美兰用余光明显感觉出陈大力面色有些不悦，只好放下书，轻咳一声，笑道："陈主任，这次大会，有没有提前传的一些资料，比如到会专家们的情况等等，嗯，我想看看，有个准备。"

若在往日，陈大力肯定会一本正经地将资料拿出来，给美兰翻阅，并严肃地告诉美兰这个会议的级别有多高的档次，在会上应该注意些什么。但而今在无人相识的飞机上，陈大力突然就像一件冬天里褪下来的棉大衣，没有了筋骨，浑身松弛下去。他没有回答美兰的问题，而是笑眯眯地将飞机窗户上的遮阳板给打开来，指着窗外耀眼的阳光和簇拥的云朵说：“如果让你作画，你会画些什么在蓝天上？”

美兰没想到陈大力还会有这么浪漫的问题，便微微笑道：“如果写实来画，肯定是机翼，云朵，阳光，此外，应该没有别的什么了吧。”

陈大力意味深长道：“那么写虚呢？你会画一张笑脸吗？用云朵拼出的一张笑脸，比如，你的笑脸就很美。”

美兰的脸，立刻火烧火燎地红了。她同时感觉到陈大力裸露在外的一截臂膀，与她的小臂，靠在了一起。那种陌生老男人的粗糙的肌肤，犹如水蛭一样，“啪”地吸附进她的毛细血管中去，那种带着羞耻的疼痛，迅速游遍她的每一寸肌肤。美兰突然想起小时候，有水蛭进入肌肤，老人常常用鞋底“啪啪”地将它们给打出来。美兰此刻，就想用鞋底，将陈大力传递给她的烧灼感，给一口气全都驱赶出来。

但不等她驱赶，陈大力又黏过来，将美兰手中那本关于西方美术史上的女画家的书拿过来，取书的时候，他的手掌，又不经意地碰了一下美兰。美兰赶紧松开了书，差一点儿，就将书给甩到地上去。

陈大力“哗哗”地翻着书，以一种明显心不在焉的样子，他果然没跟美兰谈书，而是笑道：“美兰，转眼你来咱们系也快一年了，为什么还这么紧张呢，放松一些，其实，我老是老了点，也没那么可怕吧？”

美兰听了赶紧好话伺候：“陈主任平易近人得很呢，大家都这么说，我毕竟是新人，觉得处处都要依赖大家的帮助，哪能那么张扬呢。”

陈大力瞥一眼美兰，道：“那么你觉得我们系哪个老师张扬呢，张杰吗？”

美兰知道话又说错了，只好再次弥补：“我们系老师都很和善质朴的，有您做领导，大家都对工作热情高涨呢。”

陈大力突然哈哈大笑起来，引得空姐都过来，小声道：“先生，麻烦您低声交谈，我们有乘客正在睡眠之中。”

陈大力有些不好意思地连连点头说好，然后便将书还给美兰，朝她飞一个心领神会的“媚眼”，便闭上眼睛，开始养神。

但美兰却不像陈大力那样好兴致，她被陈大力那一声含义深刻的大笑给缠绕住了。她不知道陈大力究竟是笑话她不敢得罪张杰呢，还是讽刺她一向清高怎么现在学会了拍马？再或他根本就是在逗引美兰，想要用爽朗的大笑，来吸引美兰的注意？

猜来猜去，美兰都不能够确定，而陈大力早已打起了鼾，美兰忍不住瞥了一眼睡眠中的陈大力，不知为什么，她忽然笑了，因为她想起一只肚皮朝上张着嘴巴大睡的青蛙，或者大熊。

陈大力老了，美兰想。

在经历完报到等一系列琐事后，刚刚是下午的5点钟，习习的凉风吹过来，陈大力的倦意全无，提议说要和美兰去后海游逛。美兰有些犹豫，说自己累了，想早点吃完饭回去休息，而且，提交的论文还有一些不太完善，也要回去修改一下。陈大力有些不悦，但很快一个北京小师妹的来电，消解了他的这种失落情绪，他甚至都不顾美兰如何吃晚饭了，丢下美兰就兴致勃勃地打车寻他的小师妹去了。

美兰回到宾馆，拿出手机来，看到一条短信，竟是于飞的，说：“傻瓜，午休时梦到你在北京的后海，与我在一个酒吧的阳台上，喝酒聊天，我写诗给你，你则画画给我，月光照在你的身上，像天使一样美丽。”

美兰拿着手机，发了一会儿呆，才回复于飞：“傻瓜，别做白日梦了，我在G城，好好地待着呢，怎么会去北京呢？”

短信发出去后不过是几十秒钟，于飞的电话便打了进来，美兰听着突然响起的铃声，竟是将手机给远远地丢在了对面的床上。铃声是张艾嘉的《爱的代价》，那是她和于飞曾经一起唱过的一首歌，她还记得唱到那句“也许我偶尔还是会想他，偶尔难免会惦记着他，就当他是个老朋友啊，也让我心疼，也让我牵挂”时，她的眼泪，夺眶而出，那时她当着很多人的面，抱住于飞，很久也没有说话。其实她有很多很多的话想要讲给于飞，想要告诉他，或许她不能够和他一生相拥，可是，他却在她的心里，一生都不会再丢失掉，因为，她早已在心底，建起了一间小小的有阳光的房子，她将他们的爱存放在那里，就像，将一笔钱，存放在银行，除了增值，它们不会减损丝毫。

可是这些话，那时不说，现在也已经没有机会说了。就像美兰听着执拗地响下去的铃声，始终没有勇气，接听。她怕一打开来，听到于飞的声音，就不管不顾地，直接乘坐出租赶去拥抱于飞。她在于飞的声音面前，禁不住任何的考验，所有的坚持，都会瞬间坍塌。

铃声在第三次，响到中途，便戛然而止。美兰像捡拾起儿时炸完的鞭炮皮一样，小心翼翼地将手机捡起，看着那个熟悉的手机号码，良久，才将通话记录和短信，按键一一删除。

美兰睡了一觉醒来后，窗外已经渐渐暗下去了，夜色如一件薄凉的外套，披在北京城的外面。自从去年7月离开北京前往G城，美兰就再也没有见到过北京的夜晚。她想起那时常常会在晚饭后，和于飞出去散步，他从单位乘坐半个多小时的地铁赶来，只为可以牵着美兰的手，绕校园走上一圈。

校园不算太大，但他们可以走上很久。美兰喜欢和于飞走在居民区里的感觉。是很安静的教职工居住区，不像校外的居民区，吃喝拉撒，无所不有。校园里的这一小片地方，依然有着淡淡的书卷气，但也不乏温情的地气。修车子的、配钥匙的、卖菜的、开小卖铺的、理发的、售碟片书报的，一个也不缺。有时走得累了，两个人便在路边的石凳上坐下来，抬头看天，不说话，却觉得心里无限美好。天空是墨蓝色的，偶尔会有星星闪烁，带着一点孤独的光。月光是温柔的，透过高大法桐的枝干，落在美兰和于飞的肩上、手上，或者是睫毛上。

这是美兰而今想来，她和于飞之间，最温情的记忆。那些海誓山盟、耳鬓厮磨，都不如那一刻的静谧，更让美兰依恋。她觉得只有那样的时刻，才更像爱情，是家常的布衣暖的爱情，不需言语便能够彼此懂得地落在尘世的爱情。

而这次研讨会，恰好也是在美兰的母校举行。她从与陈大力踏进校门的那一刻起，就将职称、刘志国、张杰、陈大力等等，统统地忘记。她只记得于飞，还有和于飞共同走过的几百个日日夜夜。

此刻她在凉风里绕校园走着，便又想起那些过去的时光。她在一株靠近咖啡馆的白杨树上，寻到于飞用钥匙刻下的“YF爱ML”的字样，爱字当然是用一颗心的形状代替的，美兰记得刻完时，她用手指，很温柔地一点一点爱抚过它们。她还去坐了每一个她跟于飞倚靠过的木椅，她将一本书放在自己的右侧，就像，于飞依然和她并肩靠在一起，而她也可以清晰地听到于飞均匀的呼吸。偶尔，会有一只野猫穿过旁边的树丛，消失在夜色之中。美兰注视着那被猫划开来的夜色，犹如将过去与现在，倏然划分开来，她站在现在，朝着过去的于飞，喁喁私语，可是，他却什么都听不到。

夜色凉下去的时候，美兰才回到宾馆。她故意没有带手机出去，所以推开门拿起来，便果然看到上面有三个人的未接电话，一个是刘志国的，一个是于飞的，还有一个，是陈大力的。

刘志国显然是惦记着两条烟有没有送出去的问题，所以在电话未接之后，便发了短信过来，只有一行简单的话：“记得今晚要把烟送出去。”

而陈大力电话来，不知有何事，看看时间，已经是晚上的九点半了，想必他已经与师妹吃饭回来了，所以美兰试着发了一条短信给陈大力，问他是否有事。

陈大力很快回复过来：“有事，到302房间来一趟。”

美兰看着这条短信，有些犹豫。这么晚，她不想以任何理由，进领导的房间。而且，还是让她百般想要躲避的陈大力。他会找她有什么事呢？会不会喝醉了酒，发酒疯呢？如果陈大力突然因为酒精的缘故，起了点浪漫心，让她陪他去后海或者别的什么地方游逛，她又找什么理由拒绝呢？

美兰心里一时有些混乱，可是时间又容不得她做太多的考虑，只好匆匆回一句“好的”，便放下手机，简单收拾一下，准备出门。临要关上门的时候，她又想起那两条被刘志国放在拉杆箱里的烟来，犹豫了几秒钟，美兰到底还是将烟捎着，上楼，来到302房间。

刚刚按下门铃，陈大力就开了门。美兰看着穿了一件T恤，一条大花短裤的陈大力，立刻有看到他隐私的尴尬。可无奈门已经打开，而且，她手里的两条烟，也被眼睛锐利的陈大力给窥了去。

他几乎是自己主动伸手拿过去了两条烟，嘴里还开着玩笑说：“美兰怎么知道我喜欢抽中华烟的？好多年了，我还真是一直都抽这个牌子的，从便宜的抽到贵的，别的都不喜欢了，看来还是你跟我心有灵犀啊，别人送我，全被我转送人了，这个，我可得留着，放在枕头边上，慢慢品味。”

美兰的脸，被那最后一句，给臊得红了。而且陈大力称呼她，不再加上“老师”两个字，也让她觉得不适应这样突如其来的亲昵。所以美兰走进陈大力的房间之后，一直不知道该站在哪儿。陈大力的房间，比她的豪华得多，显然是宾馆的豪华间，而她的则是标准间。美兰知道一般出差，书记主任及以上的领导，都有资格比普通老师住好的宾馆，或者用餐标准高一个档次，所以当她看到陈大力房间里有很大的一个木制浴盆之后，并没有觉得多么奇怪，反而想，可惜那套二手房的洗手间太小了，否则她也非安装一个可以泡澡的浴盆不可。

陈大力显然看出了美兰对那个浴盆的兴趣，将美兰让到沙发上，笑眯眯道：“要不，你结婚的时候，我不搭礼金给你们了，送一个这样的浴盆给你们？”

美兰听了赶紧摇头：“陈主任，谢谢您，其实我觉得这东西放在家里可有可无的，工作忙，一般用不着的，还占用地方。”

陈大力点头：“嗯，对，平日里工作忙，难得这次你陪我出差轻松一下，美女在身旁，就是神清气爽呢，我刚刚烧了热水了，要不，我们一起……”

陈大力故意停顿没说，美兰却立刻吓得脸色煞白，她心里一时乱成一片，不知陈大力怎么会说这样情色的话出来。

陈大力看到美兰的慌乱，突然就哈哈大笑起来：“看把你紧张的，想歪了吧，我是说，我烧了热水，要不我们喝杯茶聊聊天吧，你看外面的夜色多好，还有阳台，我们可以坐在阳台上赏一会儿月呢。”

陈大力说完便将阳台上的门打开来，阳台上有宾馆安置好的两把椅子和一张小桌，陈大力的茶，已经泡好了。美兰没办法拒绝了，只好跟着陈大力来到阳台。

美兰的房间，几乎看不到月亮的影子，可是陈大力这里，倒的确是一个赏月的好地方。今晚的月亮，是饱满的、圆润的、明亮的，小小的阳台，被笼在这层温柔的光里，竟是像一个梦幻般的舞台。美兰坐下来，喝一口显然是明前的好茶下去，觉得世界在此刻，是美好的。

可惜这种美好，被多话的陈大力很快给打破了。如果提及一些艺术的话题也就罢了，偏偏，他很世俗，在这样的柔光里，说起职称的评定来。

陈大力以一种闲聊似的语气慢慢说道：“这次评定副高职称，不只是系里，整个学院的名额都竞争激烈，你刚刚来，还不知道每年评定职称，跟打一场仗似的，去年我们学院，有一个40多岁的老师，因为屡次申请不上，急了，竟然装起疯来，在院长办公室里大吵大闹，还差一点将钱江院长给打了。最后他也果真进了医院，尽管不是精神病院，却是一口气憋在胸口，堵得太紧，吐出来就成了黑血一团。”

在这样静谧的夜色下，讲如此灰暗的事情，美兰听着觉得有些不合情境，好像一场好戏还没有开始，就有人上台，将那天空一样的幕布，给乱涂乱画了一通似的。

美兰喝一口茶下去，没说话，而陈大力也不等她说什么，又继续讲下去：“按理说，张杰这次该轮到评审副高了，不过你按照政策，也该晋升了，博士嘛，艺术学院毕竟少，只要其他条件都够，学院不会不重视的，所以，你也不必太过担心。”

陈大力的这一番话，显然是希望美兰能够有所反应和表示的。可是表示什么呢？美兰不是张杰那种出口成章的女人，如果她真的拍马感谢陈大力了，她也会瞧不起这样的自己的。她只能微微一笑，道：“嗯，其实一直都挺感谢陈主任的关心和照顾的，我来这里快一年了，对我好的人，我都记着的。”

陈大力突然靠近了，笑道：“那么，美兰，我在你心里，被记得多深呢？”

风已经有些秋天般的凉意了，陈大力探过来的头，却像一把烙铁，火烧火燎地炙烤着美兰，她觉得自己就像一块被夹着的生牛肉，只要放在陈大力这块烙铁上，立刻就会吱吱啦啦地，被烤成熟肉片。

美兰觉得有些浑身不适，不由自主地，就放下杯子，站了起来，仰头假装看天上的那轮倏忽变得遥远渺茫起来的月亮。

而陈大力也随她站了起来，他向后拉动椅子的声音，让美兰一时间心里一片空白，她甚至紧张到呼吸都有些急促起来。也就在她想转身逃走的那一刻，陈大力握住了她的手，并在美兰还没有反应过来的时候，趁势，将她拉入了怀里。

美兰本能地开始挣扎，并想要叫喊，可是陈大力肥厚的嘴唇，早已重重地盖在了她的唇上，而他的手，也紧紧地搂住她，并将她的身体，压在阳台有着白日阳光温度的木栏杆上。美兰觉得自己像一只被人捉住了翅膀的飞虫，她除了哀哀地恳求那一双大手，找不到别的办法。她听见陈大力喃喃自语："美兰，我爱你，很爱，从你在我面前出现的时候，就想要拥有你了，现在终于有了机会，今晚别走了，和我在一起吧，别走了，别让我一个人孤独地想念你这么美妙的身体，你知道吗，你的身体再好的雕塑家，也雕塑不出来的，我要用手来丈量它，不，用身体，用我男人的身体征服它……”

美兰几乎要哭出来了：“陈主任，别，求你，别，我要结婚了，我们不行，不能这样，我知道你照顾我，你让我为你做什么都可以，可就是不能这样做。”

陈大力早已经听不见美兰任何的恳求了，他将一双手伸进了美兰的裙子里，并触到了她滚烫的肌肤。那双手，像一条湿腻腻的泥鳅，在美兰的身体里胡乱地迫不及待地游走。

就在陈大力将手伸进了美兰的内衣，并触到了她身体最为重要的地方的时候，美兰终于像一尾拼死也要冲出网去的鱼一样，使上全身的气力，狠狠地，咬了陈大力在她的唇上缠绕不休的舌头。

陈大力“啊”一声大叫，放开了美兰，又朝着地上恶狠狠地吐出一口唾液来。美兰觉得嘴里咸咸的，她知道陈大力的舌头，肯定是流血了。可是她已经顾不了那么多了，磕磕绊绊地跨过一把横着的椅子，打开不知何时锁上的门，在陈大力一声“美兰，回来”的大叫声里，踉跄冲下了楼梯。

美兰当夜失眠，一直到天亮才迷糊睡去。之后的两天，不管是研讨会还是休息或者吃饭，她都刻意避开陈大力。陈大力几次想要喊住美兰，她都假装没有听见，快步地走开去。美兰几乎是抱着一种职称必死无疑的心，去躲避陈大力的。事实上，她也从陈大力渐渐冷下去的脸色上，窥见了这一场竞争的结局。果然在赶赴回程机场的出租车上，美兰听见张杰电话陈大力，陈大力的语气，比来时对张杰明显温和下去，甚至有些暧昧，他还放肆地大笑起来，好像内心某种郁结的东西，因为放弃，而一下子全都消散掉。张杰的声音，在电话里依然是“媚”力四射的，美兰听着40多岁的张杰对50岁的陈大力撒娇，突然忍不住，低低地笑起来。

陈大力打完电话，回头瞥了一眼美兰，淡淡道：“两天里都难买美人一笑，这要回了，倒不知笑什么。”美兰知道陈大力窥破了她的心思，有些慌乱，道：“哦，没，没笑什么。”

可是美兰知道一切都来不及了，她没有来得及利用女人们求之不得的与领导共处的机会，施展媚功，也没有来得及去见一眼于飞，更没有来得及挽留住唐放；因为，就在刚刚陈大力接到的电话里，她得知唐放已经将辞职报告，上交到了学院办公室。而辞职的原因，陈大力语焉不详地解释说，是跟女学生有关。

美兰很想为唐放辩护，其实，他的辞职，跟女学生毫无关系，可是看到陈大力冰冷的脊背，她终于将话咽了下去。

第九章　师生恋爱曝光事件

美兰在从北京回来上班的第一天，到系办公室，就看到李琴、张杰、刘菲等一群女人们，围在一起，议论唐放的事。她在下飞机后，其实就给唐放发了短信，问他为何这样快地辞职，但唐放没有回复，她又觉得大概唐放不想让她打扰，也就失去了电话给他的勇气，打算到系里找别的老师询问具体经过后，再回头联系他。

张杰看她进来，出乎意料地热情，美兰明白她的热情里，有想要打探自己的意思，职称评定表格，都已经填好申报上去了，张杰肯定是已经看到了美兰提及的材料，而且，从多方面打听到，美兰虽与自己实力相当，可是人气不够，尤其，是够不上陈大力的那股子“气”，所以，这让她看美兰，就不再似从前那般充满了敌意和挑衅，而是带着一股子同情与怜悯，尤其，是在与美兰关系最好的唐放，辞职之后，她脸上的那种同情，愈加地鲜明，甚至，带着一种安慰了。

女人之间的小心眼，也只有女人明白，张杰一开口，没有提及唐放的事情，也没有问美兰去北京的研讨会如何，而是先问美兰的结婚喜宴究竟确定下了日期没，如果定下了，她推掉一切事情，给美兰帮忙张罗去。美兰一听这话，心里就明白张杰的职称，其实已经胜券在握了。自己的好事搞定了，那么顺便关心一下美兰的好事，既是平衡一下美兰内心的失落，也是借此疏通一下憋在心里太久的那股子欣喜。

美兰将微笑调整到一种有距离的温度上，道："谢谢张老师，等我定下来了，一定请您和所有同事，都来喝喜酒。"

这句话，没有正面回应张杰的一番帮忙的"好意"，但也未曾冷落了她，像一根羽毛，在张杰心里撩了一下，便拿开了，可是这样的轻触，却让张杰忍不住又跟了上来，道："很可惜唐放不能作为同事出席了，尽管你们关系不错，但估计他不想在同事面前提及伤心事，所以或许很难去参加你的婚礼了。"

美兰装作不懂，问道："什么伤心事？他究竟是为什么辞职呢？"

李琴听了接过去："就是你们班的班花二号夏青

呗，闹得沸沸扬扬，大一的时候以为她偃旗息鼓不再战了呢，谁知道这次两个人又纠缠到一起，而且，还听说，是唐放主动勾引了她，然后又毫不留情地甩掉了她，否则，她也不会以一种鱼死网破的精神，吵闹得如此凶悍，直接跑到校长办公室去告了唐放的状。我们这些做同事的，想要救他，可还没等行动呢，他大概自己就觉得不好意思了，先自己写了辞职申请，放弃掉了。”

刘菲也插进来：“女人是红颜祸水，这话可真不假，可惜了我们系最帅的男老师，竟然栽到一个算不上漂亮但却绝对有心机的女学生手里。听说唐放的老婆差一点儿就跑到学院来跟那女学生大闹一场呢，好在被门卫给及时地拦下了，才避免了一场事故。”

点评完了，刘菲又总结一句：“看来以后找男人不能找太帅的，否则容易造成意外事故。”

张杰听了捏一捏刘菲的脸蛋，笑道：“像你这么漂亮，又条件好，再帅的男人也跑不出你的手心，哎，对了，上次我给你介绍的那个富家公子怎么样？人家可是又有钱又有涵养呢，美国加州大学留学回来的，跟你正是一对好伴侣哦。”

刘菲假装骄傲，抬了抬下颌道：“本姑娘还没玩够呢，慌什么，谁急着结婚谁结去，反正我还不想。”

美兰听出这话在讽刺自己，同样是博士，一个将嫁，一个还待字闺中，难免就看不顺眼，所以美兰也不计较刘菲的冷嘲热讽，笑笑，找理由说去阅览室，就走开了。

晚上睡觉前，刘志国问美兰两条中华烟的事情，美兰冷淡道："送了也没有用，早知道就省下给你们齐志高主任抽了。"

刘志国惊讶："难道你送完了烟，也没有给陈大力套套近乎吗？这样最起码的人际交往，你不至于读博士读得也全给忘了吧？"

美兰气愤："还让我套近乎！我没套近乎就差一点儿被他给套住了，身体连出来也出不得，你还让我做什么？难不成要将我整个人送给那陈大力享用不成?!"

刘志国像看陌生人似的看着美兰，过了足足有五分钟，才一字一句地问道："你说的，是什么意思？陈大力他——真的——骚扰你了？"

美兰突然觉得非常地委屈，积聚在心里的眼泪，到此时，才倾泻而出。

刘志国并没有怜香惜玉，过来替美兰将眼泪擦掉，而是继续逼问她："你说，是不是陈大力占你便宜了?!"

美兰在他这样冷漠的追问下，心底的眼泪，迅速就冰冻住了。她看一眼刘志国，忽然就带着一种报复似的快感坦白道："是的，他假意在晚上请我喝茶，然后又提及职称的事，后来，后来又强吻了我，当然，他最终没有得逞，我摆脱掉了他。"

这句话刚刚说完，刘志国就将手边的杯子愤怒地摔碎在了地板上。水杯溅起的碎片，有一两片，还落在了美兰的枕边。美兰知道刘志国的脾气，假若这时她再激他一句话，他会将家里所有能砸碎的东西，全都扔到地上去。但她已经不似从前，那样针锋相对地与他争吵，她只是在心里笑他一下，然后捡起枕边的碎片，放到床边的桌子上，而后躺下去，背对着刘志国，闭眼假装睡了。

就在美兰迷迷糊糊地，真的要睡过去的时候，站在房间里的刘志国，突然发出一声狼一样的吼叫。美兰的睡意全被驱赶开，但她依然懒于与刘志国争吵什么，只是翻转过身来，看着他，轻声说一句："职称没了，明年还能申请，假若我的身体真的丢失了，又去哪里寻找呢？所以，还是睡吧，我什么也没有丢失，不是吗？"

刘志国一连几天，以加班的名义，很早出去，很晚回来。美兰一个人在家，并不觉得孤独。她可以画画，可以听听音乐，可以上网，可以读书，还可以去找秦笙，或者林淑。

其实，美兰觉得找秦笙和林淑中的一个人，就足够了。刘志国越是与她冷战，她的内心，反而愈是坚定冷寂，无需外人安慰什么。而找外人聊天，不过是因为，她想跟一个人，聊聊唐放的事情。

她最终选择了与唐放素不相识的林淑。两个人约好了时间，午后3点钟在林淑的家里见面。美兰很少去林淑的家，在G城，大家都约好了似的，彼此不访问对方的家庭，即便是闺中密友，有时去家里做客，也有一种泄露了隐私的尴尬。美兰自从到北京读书以后，就自觉地在与人聊天时，选择咖啡馆或者茶吧等等公共的场合。她偶尔会怀念在故乡小城时的日子，可以与同学挨家挨户地串门，家里的鸡飞狗跳和个人隐私，全都一览无余地展示在来人的眼皮子底下。但也只是怀念，长到奔三的年龄，她已经学会了享受孤独，像这个城市里所有土著的居民一样，与任何人，都保持着一种距离感，而这种距离感，首先，便是表现在对自己居住空间的隐私，刻意的保护上。

所以林淑有气无力地让美兰来自己家聊天时，美兰直觉林淑一定是遇到了很大的问题，否则，她不会这样失去了设防的力气，还有盛装约会的虚荣，而是穿着松垮的家居服，毫无光彩地出现在美兰的面前。

门打开的时候，美兰看到满脸泪痕、面容苍白的林淑，还是吓了一跳。一段时间未见，林淑瘦了足足有10斤。美兰下意识地扶住林淑的胳膊，碰到肘弯处冷硬硌人的骨头，心里一阵心疼。她忍不住抱住她，拍拍她的后背，却一句话都没有说。

林淑的家里，显然好久都没有收拾过了，美兰进到房间里，帮她捡起随便丢在地板上的靠垫、废弃果皮、方便面袋、脏的衣服，还有被林淑撕碎的一些照片。那些照片上，无一例外，都是笑脸，林淑与康乔年轻时的笑脸，那么明亮，似乎还在昨天。美兰想起她和刘志国读书的时候，也曾经拍摄过这样亲密拥抱在一起的照片，而今，它们全都放在某个几乎再也不会去碰触的角落，只等着像林淑这样关系破裂的时候，拿出来，一张张地分开，或者撕碎。

美兰收拾完房间，坐在林淑的身边，握握她冰凉的手，等她自己开口说话。林淑躺倒在沙发上，看着茶几上的一杯绿茶发呆，美兰很希望她能大哭一场，这样，心里淤积的东西，就可以全部清除出来了。可是她却只是发呆，不说话，也不哭泣，安静得像一只忽然病了的小猫小狗。美兰从未见过这样沉默的林淑，她从认识林淑以来，两个人见面，一向是林淑在夸夸其谈，为她支招，或者将G城的大街小巷，家长里短，八卦绯闻，一一介绍给她。林淑是这个城市里，美兰想起来时，觉得温暖踏实的一件夹袄，她是家常的、红尘的、世俗的、热闹的，她不像秦笙，属于静寂的一条小溪，或者山涧中的泉水，世间的纷扰，跟她无关。

美兰喝完一杯茶，重新续杯的时候，林淑终于开了口："如果女人是男人这杯茶里的水，倒也好，好歹，这第一杯，是最浓酽的。"

美兰没想到林淑发出这样的感慨，她一向是过得庸常而且快乐的，哲学的体会，基本与她无关，所以初听到这句，美兰差一点笑出来，但还是忍住了，劝她："如果康乔真的选择了那个女人，也不必强留，天涯何处无芳草，我们女人，为什么不能像男人一样，也有第二春？就凭你这样的条件，比康乔好一倍的，也能找得到。"

林淑苦笑："你真的这样认为吗？像我这样的年龄，又不能给人家生孩子了，美貌也马上枯萎了，男人怎么就会看得上？别拿你们搞艺术的那一套内涵来劝我，我败给那个小妖精，还不就是年龄吗？我早就看透了男人喜新厌旧的本性了。"

美兰现在在林淑的面前，连秦笙的名字也不敢提了，怕林淑听到了心里疼痛，她不想让林淑知道她与秦笙，竟是可以心灵相通。

美兰问林淑，究竟怎么打算，放弃，还是一直这样耗下去。林淑冷冷一笑：“这样忘恩负义的男人，留他何用，放在身边，看着生恨，不如让他随波逐流算了！我想好了，既然人走了，那么两栋房子，他一个也别想带走，一套给我，一套给淘淘留着，他不是有钱养年轻女人吗？好！我看他没有钱了，女人还会不会要他！”

美兰叹气：“如果他能答应，也好，离婚是一件力气活，但也不必太斤斤计较，好歹夫妻一场，想开点，人生也就是这么短，拼个你死我活的，也没有意义。看到你这样，我都对婚姻失去了兴趣，不知道这场秋天到来的婚宴，到底办还是不办。”

林淑终于将飘忽不定的视线转移到美兰的身上，但也没有对她这句话，有太多的反应，她始终还是在自己的情绪里，没有出来，所以只是习惯性地，问了一句：“你们既然已经将房子买下来了，也开始还贷了，那么按照程序，也该结婚了，快奔三的女人了，即便是游逛，又有几日好时光呢？”

美兰忽然失去了给林淑讲述唐放的兴趣。她想，还是将于飞和唐放，全都放在心里吧，他们终究还是无法参与到自己此后的人生中来，不过是有那么一段行程，属于彼此，能够这样，也足够了，再奢求更多，不过是徒增烦恼。

这样想着，美兰的心里，又筑起了一堵高墙，她慢慢劝慰林淑的时候，也在心里劝慰着自己，别难过，世间所有好的男人，不过是在想象之中，一旦亲近，大概，他们又成了别的女人的唐放或者于飞，而对于自己，不过是同样烟火气的刘志国、齐志高，或者李沧贺。

想明白了，美兰依然可以陪在林淑的身边，听她絮叨地讲着康乔与她之间的种种，讲着那些已经成为过去的美好，或者感伤。偶尔，她也说上几句，关于来G城以前，与刘志国两地分居的孤独生活，还有来这里之后，这一年中，发生过的种种。至于这中间最重要的两个人，于飞和唐放，她都像忽略一粒尘埃一样地，刻意地忽略掉了他们。

美兰从林淑家出来的时候，经过一条巷子，看到一家名为“鱼来鱼往”的有些孤独的工艺品店铺，觉得那么像那一刻的自己，一冲动，便走了进去。看到一排画有各式图案的烟灰缸时，她忽然想起，曾经想要给唐放买一只烟灰缸的。

店主是一个热爱绘画但少言寡语的大男孩，见美兰进来，只是略略点头，便又投入到他的创作中去了。美兰拿起一个绘有抽象桃花图案的烟灰缸，问：“能在这上面，加一个L字母吗？”

男孩抬头看看那个简洁的烟灰缸，点头，表示可以。美兰笑：“那么，现在就替我加上吧，我要一会儿去邮局寄人。”

男孩这次连点头也省略了，接过去，拿出颜料，也没有问美兰想要什么颜色，就在那枝桃花的旁边，用墨绿色，认真写下一个L。

那个L，既像一枚叶子，也像一条枝干，总之，竟是可以有非常丰富的想象。美兰看着，想，唐放会将它想象成什么呢？只是她名字里的一个“兰”字，还是一个英文里的LOVE？只是，想象成什么，又有什么重要呢？他都已经离开了她，而即将走入婚姻的她，又如何能跨过那高深的墙，去寻找他？

付完钱，快出门的时候，男孩突然开了口：“如果信任，让我帮你快递吧，我们店铺，可以负责这项服务的。”

美兰回头笑笑：“不，我想自己亲自去邮局，不是快递，而是慢递，只有慢的行程，才可以沉淀美好的东西，不过，还是谢谢你这样体贴的服务呢。”

男孩羞涩地微笑，然后说：“你是第一个拒绝我们这项便捷服务的人，可是，我忽然觉得你这样的拒绝，要比我们的服务，更为温暖。”

美兰笑笑，没有继续言语，只是挥挥手，道声“再见”，而后转身走出门去。

基于唐放的师生恋在全院甚至全校引发的不良影响，学院里召开紧急会议，将此次事件定义为“恶劣”事故。美兰坐在最后一排，努力地将视线投射到每一个角落，希望能够找寻到唐放的身影，可是徒劳，会场上除了对此次师生恋事件充满了好奇或幸灾乐祸的老师之外，没有任何美兰所熟悉的唐放的气息。美兰很希望像从前那样，可以隔着几排的距离，看到唐放宽阔的脊背，或者乌黑的短发。再或会开了一半，他突然猫腰出现在她的面前，跟她并肩坐在一起，或许什么也不说，只是拿一本画书随便翻着，但是美兰却觉得这枯燥的时光，是安心的、踏实的。她能够清晰地闻到唐放身上香皂的味道，它们从他的发梢处、衣领上、手指间，飘散出来，好像春天的柳絮，淡淡地扑到人的脸上。美兰还会注意到唐放鞋子上奔走留下的灰尘，或者画画时在牛仔裤上洒下的颜料。她也会歪头看一眼唐放正读的书，唐放总会注意到她的脑袋倾斜过来，用手指点一幅画，轻声对美兰评价一句：这幅画不错。

这样的开会时光，几乎等同于两个人的约会，周围不绝于耳的乏味讲话，似乎都可以忽略不计，美兰只听到唐放翻书的声音，彼此均匀的呼吸，世界在那一刻，是静谧的、温柔的。

可是而今，美兰的身边，只有一把空了的椅子，她特意找一个不会有人打扰的角落，并将一本书，放在旁边的位置上，她以为唐放会来，可是从头至尾，都没有他的踪迹。而关于唐放的通报，却在一个又一个领导的口中，被重复着。

其实这次会议还有一个通报，是关于音乐系主任张明，因为收一学生10万元艺考费，在没能够帮其圆了大学梦的情况下，还不按照规矩，退钱给那学生家长，因而被家长揭发，一路写信告到省里去，学校怕此事责怪下来，别说是院长，怕是连校长的职位都保不住，干脆就牺牲掉这个倒霉的系主任，去掉其所有职位，并停薪留职反省半年，算是暂时地平一下民愤。

此事相比于唐放的“丑闻”，基于学校的声誉，当然是大而化之，淡化处理，只是略一点名，批评一下，便过去了。倒是师生恋这起敏感又让人身体莫名兴奋的事件，因为两个小时各个领导喋喋不休的强调，反而成了一年以来，艺术学院最为重大的“事故”。

但事实上，美兰早就从别的同事口中，得知副院长陆卫东、人事处谭处长、舞蹈系两个知名教授，都是找了自己的学生做一房或者离婚再娶的二房夫人。当然，恋爱未遂的师生恋和修成正果的师生恋，尽管缘起一样，但性质已经完全不同了：一个是丧失掉师德尊严的无耻之徒，一个则是纯洁美好的爱情经典，不过是隔着一道窄窄的门，不以结婚为目的的师生恋，就成了耍流氓。

唐放的缺席，让美兰相信，他真的是辞职了，从系里辞职，也从她的视野和想念中，辞了职。尽管，她依然觉得，他没有从她的生活当中，消失掉，他还会回来，从故意挑起的这场师生恋里，走出来，回到她的身边，哪怕，他们自此只能做同事。

因为涉及自己班里的学生夏青，美兰不得不按照学院的要求，召开一个主题班会，重新申明一下学院的“红头文件”，将学生的“不良思想”，扼杀在萌芽状态。

美兰在讲台上念学院关于处理唐放师生恋事件的通告时，觉得人生有些滑稽，这起事故，假若需要承担责任，她应该占据了三分之一吧，假如她不那样生硬地拒绝掉唐放，假如她从唐放那里逃走之后，给他一些安慰，假如她不是一次次拒绝接听唐放的电话，回避他的短信，那么唐放也不会故意地找到那个明知粘上就摆脱不掉的班花夏青，谈一场他其实毫无兴趣的师生恋吧。

可是，生活没有假如，她只能在讲台上，硬起头皮，念唐放的“罪行”，并按照学院的指示，警告学生们，不要跨越不该去跨越的雷池。

在念完通告之后，美兰习惯性地问下面同学还有没有什么问题。话音刚落，李小濛就站了起来，以一种挑衅的语气，问美兰：“我想问一下，美兰老师读中学的时候，在情窦初开的年龄，有没有暗恋过某个帅气的男老师？”

下面一阵不怀好意的嬉笑声，美兰有些窘迫，但还是很快镇定下来，道：“我相信每一个女孩在中学时，都会有过暗恋成熟男老师的经历，这应该不是一件奇怪的事吧。”

李小濛立刻接过去：“既然中学时都可以喜欢男老师，那么，现在我们已经成人了，学校又有什么资格，强行要求我们不能跟自己的老师谈恋爱？难道婚姻法上规定，男女双方不能是师生关系吗？”

美兰从未被学生这样当面地指责质问过，而且，还是最桀骜不驯的李小濛，美兰估计，如果自己当全班同学面，指出李小濛跟有妇之夫谈恋爱，她根本毫不介意，既不尴尬，也不难堪，甚至还会因为自己找了一个在社会上“有本事”的成熟老男人，而自得其乐，无比骄傲。

事实上不只是李小濛，她在这一年的上课中，对90后这一代人的爱情观，已经不抱希望。曾经，有一个女生，在她批判当下女孩子的爱情观时，直截了当反驳她：既然你们80后女人可以嫁给有钱有势的60后老男人，那么她们90后，又为何不能追求同样事业成功的70后？40岁的老男人，是所有女人的公共资源，何必划分什么代际呢？

美兰没有直接回答李小濛的问题，而是笑着摇摇头，说："这件事情，究竟谁对谁错，或许，你们永远都猜不清楚，除了今天没有到场的当事人。我相信夏青同学在去学院状告唐放老师的时候，她也不会想到会有今天唐放老师辞职的悲剧，生活永远都朝着我们预料不到的方向发展，我们所能把握的，只是今天，如此而已，明天是怎样的，明天谁会离开我们，谁会背叛我们，谁会忘记我们，谁会浓墨重彩地登场，谁知道呢？"

一直颐指气使的李小濛，不知何时悄无声息地坐回了角落。教室里忽然安静下来，美兰不再说话，只是看着窗外发呆，过了许久，不知是哪个学生，悄悄说了一句："看，黑板上还有唐放老师最后一节课上画的作品。"

美兰茫然地回过头去，看向黑板，在视线定格在那幅作品上的时候，她的眼睛，红了。那是一株桃花，美兰画上的桃花，唐放是早知道要辞职，所以借此，向她默默地告别吗？或者，这是一株专程赶来，安慰美兰的桃花？因为，它知道属于它的春天已经过去，炎热的夏天，很快就到来了。

刘志国的冷战，打了一个多星期，还不肯结束。美兰也不主动向他求和，事实上，她已经学会不去在意他了，她在这个城市，本来就孤身一人，而今少他一个，又能怎样呢？她只想顺其自然，如果生活安排了婚姻在不久的将来，那么她就坦然接受，如果忽然转向，那么，她也不会像林淑那样抱怨、哭泣，或者歇斯底里地挽留。再好的人生，不过是唐放画给她的那株桃花吧，历经种种，碰壁后流下的那点血，滴在上面，也只是使其鲜艳几分，如此而已。

美兰甚至学会了自己享受这样没有刘志国打扰的孤独，他不懂得她的灵魂，但她有自己喜欢的艺术，她是到而今，才明白艺术之于人生的关系，原来是慰藉这个世界上，最孤独的人类。所有的作品，不是人类创造了它们，而是它们落在人的笔下，温暖那些受伤的灵魂。

这期间她收到过唐放的一条短信，但是没有任何内容，只客气地说，麻烦她告知银行卡账户，因为她的画，已经陆续在工作室卖出去了。美兰看着那条短信，将每一个字都品味了许久，最终她简洁地只将工行账户的开户行和卡号发了过去。

美兰发完了，以为会有一条短信，再回复过来，哪怕依然是冰冷的一句“收到”，也好。可是，手机却长久地沉寂下去，再没有了回音。

美兰躲在房间里，画了许多的画，画完了，才发现，全部都是桃花，它们散落在旷野之中，溪水之上，海洋之滨，高山之巅。唯独，没有在她的心里。

周末的时候，美兰终于决定去寻找她心中丢失的桃花。

31路公交车的终点，恰好抵达唐放工作室所在的街道。美兰在第一次去盛唐工作室的时候，就已经将终点站的名字，牢牢地记在了心里，她那时曾经很美好地想着，她可以在周末，帮唐放去看一天的店，顺便在那里，画一下马路上的行人，尽管，对艺术品感兴趣的人，其实，只懂如何赚钱，并不懂它们的灵魂。

可是而今，她却连这一趟经过12站才能抵达的公交，都不敢踏上。美兰在站牌下，等到第三辆31路公交，开过来的时候，才鼓足了勇气，坐了上去。

她已经很久没有乘坐过公交，尽管没有多少的钱，可她还是喜欢出租车里的孤独感，喜欢一个人，不与任何人说话，只安静看着窗外流逝的风景。她想起来，以前唐放上完了课，会在办公室里与人瞎扯上一会儿，等她下课了，然后“顺路”一起载美兰回去。即便如此，美兰也常常一路与唐放没有多少的话说，两个人并肩坐着，各自想着各自的心事。或者，彼此什么也不想，只看着窗外消逝而过的行人、车辆、树木、大地。从新校区到市区，途经大片的田地，还有一片安静的森林，美兰偶尔会有冲动，想去那片始终不见人影的森林里走上一次，但终究因为唐放的沉默，而只将它当成风景。可是，即便如此，而今每次上课回来，经过那无边的大地，还有不发一言的森林，她还是觉得美好，似乎，这样视线的抚摸，因为唐放与她曾经一起历经，而有了双重的不舍与依恋。

此刻坐在摇摇晃晃的公交车上，美兰忽然发觉，原来在人群之中，人的孤独感，更为鲜明，这让她想起唐放一幅依然是桃花的画来，画中的一株有着强烈孤独感的桃树，恰好，伫立在漫山遍野的迎春花之中。那样的热烈与繁盛，将桃花粉白色的怒放，映衬得愈发地孤傲。美兰在看到那一幅画的时候，曾经问唐放，为何将花朵铺排得这样满？唐放只淡淡说了一句，满是为了突出其中的空。那时美兰还想不明白，空的情绪，究竟在哪里呢？是到这一刻，在拥挤的公交车上，在人群的喧哗里，她才突然明白了唐放所说的空，原来真的藏匿在拥塞的热闹之中。

公交快要驶到最后一站的时候，车上的人，也越来越少，最后，只剩下了美兰一个。司机是淡漠的人，依然按部就班地开着，哪怕是在站牌下，空无一人，他也会习惯性地停下，打开车门，而后静等一分钟，重新合上继续前进。美兰想，如果自己也这样在这个城市里终老下去，大概，也会像这个司机一样，沿着一眼看到终点的轨道，无声无息地走下去吧，在该结婚的时候结婚，该生子的时候生子，该评教授的时候评教授，该换房的时候换房，该利用公职出国的时候出国，该退休的时候退休，该死去的时候死去。生命没有奇迹，也了无波澜，就像她的父母，一生都不曾离开过江西的小城，也必将终老在那里。可是，这又是多么可怕的一件事啊，可怕到像那个司机，表情麻木到对于这个世界，已经失去了最敏锐的触觉。或许，那时候，美兰也不再画画，不再读书，凭借着年轻时的那一点积累，像许多老师们一样，将一本教案，日复一日地用上10年。

公交抵达终点的时候，美兰有一些犹豫，她真希望司机立刻原路返回，但是他却将车停下，看也没看美兰一眼，便兀自下了车，去附近的便利店买一包烟抽。美兰看着这条路的尽头，倒数第三家工作室，忽然地觉得心里惧怕，她绕着车，转了一圈，最后决定，沿着工作室对面的马路，一家一家走过去。

这是一片非常有艺术感觉的区域，或者说，是因为这些艺术家的进驻，让这片原本毫无生机的地方，从沉睡中苏醒过来。街道的两边，有粗壮的法桐，有些工作室，就地取材，将作品挂在树上，比如有几只雕刻的猴子，就欢快地沿着树干，爬了上去。还有一个铜雕的庄子，袒胸露乳地倚在树下，闭眼做一个关于蝴蝶的美梦。

美兰沿着这些工作室，一家一家看过去，不知不觉，从一家画廊出来，一抬头，就看到了对面盛唐的标牌。隔着马路，美兰看到里面只有一个年轻女子的身影，大约，是唐放雇来的看店的小职员。美兰不确定唐放是否就在店里，但貌似没有，因为那职员正漫不经心地发着短信，还将一双腿，放到了办公桌上。偶尔，她会走到门口，舒展一下筋骨。阳光已经提前进入了盛夏，年轻女子穿凉拖的脚趾，在阳光下闪耀着光芒，那光芒因为指甲油的原因，是红色的，有些鲜亮得刺眼。她穿了超短的牛仔裙，弯腰的时候，会露出里面性感的黑色丁字裤的一条带子。美兰觉得她与盛唐沉静内敛的感觉，有些格格不入，不知唐放为何会找这样一个女人来照料工作室。她的那身妖娆放肆的装扮，会吓走一部分人吧，美兰想。

美兰决定假装成一个过客，绕过马路，从盛唐工作室门口经过。在作出这个决定的时候，美兰觉得呼吸变得急促起来，似乎，每靠近一步工作室，她身体里的氧气，就被抽离掉一部分，她甚至怀疑自己在走过盛唐门口的那一刻，会窒息掉。

短短的100米，美兰觉得像走了一生一样漫长无边。那个盛唐的标牌，在路边上，犹如等待在那里的唐放，无声无息地注视着她，让她因为这样无言的注视，而觉得寸步难行。

美兰抵达那扇曾经推开过两次的门时，第一眼看到的，就是自己的那幅桃花，挂在工作室正对门口的墙壁上，唐放还用非常精美的方式，裱糊了它，让它看起来有了一幅作品应有的尊严。

美兰被那幅画吸引着，靠近了两步，她完全忘记了那个年轻女人的存在，甚至，还用手扶住玻璃的门框，试图将门推开来，看得更清楚一些。

“你要买画吗？”年轻女人一声没有热情的问话，像一粒尖锐的石子，将美兰心底的忧伤，一下子全打破了。

美兰赶紧摆手：“哦，不，只是随便看看。”停了片刻，美兰又指着墙上的桃花图试探问道：“那幅画怎么卖？”

女人懒懒地回头看了一眼，道：“那幅画不卖。”

美兰诧异：“为什么？”

女人眼皮也懒得抬，冷冷道：“谁知道是哪个女人送给唐老板的，他敝帚自珍，不卖。”

美兰觉得有些窘迫，好像被人一下子看穿了心里的秘密。

美兰正思忖着究竟是进去再看上一眼，还是立刻离开，房间里突然传出一个男人惊喜的喊声：“美兰！”

那一声明显情绪复杂的喊声，让美兰觉得自己像在梦里。可是等她回过神来，看到唐放朝她大踏步走过来，而旁边的年轻女人，忽然换了警觉嫉妒的视线，她才终于意识到，这不是梦中，而是一个必须要离开的是非之地。

美兰像一只受了惊吓的兔子，不管前面有没有让它丧失生命的树桩，都不顾一切地飞奔起来。她听到唐放在后面高喊：“美兰，停下！”

而那个年轻的女人，也在唐放的后面，撕扯着嗓子大叫：“唐放，你他妈的给我站住！”

美兰从那声愤怒的命令声中，终于知道，那个女人是谁，而且一瞬间明白，结了婚的唐放，为何总是那样孤独。

美兰没有回头，甚至在听到后面唐放和年轻女人的断打争吵声的时候，也没有回头。佛说，回头是岸，可是，美兰明白，回头，对那一刻的她来说，只是将她葬身鱼腹的苍茫大海。她除了这样一直逃下去，别无他途。

第十章　约会秘密跟踪事件

美兰从唐放的工作室回到家，刚刚打开房间门，刘志国就冷嘲热讽地给她一句：“今天周末，你出去做什么了？约会你们的主任陈大力，求他帮忙你的职称大事了吧？”美兰将手提包放在门口的沙发上，又穿上凉拖，换上睡衣，径直去了卧室，打算休息片刻，而后起来备课。

这样的不屑一顾，显然激怒了刘志国，他几乎是咆哮着冲到卧室里来，将美兰盖的毛毯“哗”一下揭开来，扔到地板上去。美兰坐起来，语气平静地问刘志国：“如果我说我去约会陈大力了，你是不是就不发疯就心满意足了？”

刘志国愤愤道：“难道你敢说今天你没去见别的男人吗？别在这里假装纯洁了，我今天眼看着你坐上了

31路公交车，那辆车沿途经过哪些地方，又开到哪儿去的，我在这里待了这么多年，你以为我不知道吗?!你到底欺骗我多久了？你把我当傻瓜了吧，在北京的时候，就跟别的男人鬼混在一起了吧，别他妈的当我是傻×，你自己领到了博士帽，却给我戴上了一顶绿帽子！”

美兰的眼泪夺眶而出：“刘志国，我知道一年前你就不爱我了，可是那时你为什么不告诉我，为什么还要让我到这里来，陪你空耗生命！我不想这样继续生活下去了，不如，我们分手吧，到此为止，谁都不要拖累谁了！”

刘志国冷笑：“要拖累也是你拖累我，我又拖累你什么了？我花过你的钱，还是耽误了你的美好前程？你说读博士，我不是放手让你去读了？你说跟陈大力出差，我不是支持你去了？哦，当然了，这次买房办房权证，上面没写你的名字，你肯定是心里记恨我了，只是这房子首付是我们家交的，你分文未出，房权证上写我的名字，也是理所当然吧。”

美兰挤出一抹嘲讽的微笑：“世界上还有比你更会算账的男人吗？房子是你家的，与我有什么关系吗？所以写不写我的名字，我又怎么会介意呢？是你自己心虚了，为自私做辩解吧，可是，你完全没有必要这样做的，你认识我7年了，知道我根本不在乎这种事的。”

如果不是手机响起来，齐志高催促刘志国赶紧去采访省里的一个重要会议，刘志国大概还会喋喋不休地与美兰论战下去。但临走，他还不忘了“警告”美兰：“陈大力这件事，就到此结束，以后，我不希望你在我眼皮子底下，跟任何一个男人关系暧昧，即便是艺术学院关系你职业前程的领导也不行！”

美兰在心里讥笑自己：“世界上还有像你这样的傻女人吗，逃避掉可以结婚也希望结婚的于飞，又拒绝了可以精神沟通的唐放，然后选择了身体与精神，皆不能美好的刘志国。即便人生是世俗的，红尘是喧哗的，也不至于这样向这个世界妥协吧？”

随着刘志国“哐当”一声将门摔上的声音，房间里终于陷入到美兰所希望的安静之中。美兰想，她和刘志国，大概因为爱情的七年之痒，都提前进入了婚姻期吧，否则，两个人怎么会彼此厌倦，争吵不休？既然如此，那么，一纸结婚证又有什么意义呢？如果两个人都生厌了，那张纸，不过是像当初情愫暗生时一样，形同虚设吧？

美兰又想起秦笙对于婚姻的解释来，她说，婚姻二字，拆开来看，不过是恋爱昏了头的女人们，找了种种要长相厮守的理由，说服自己，并牺牲掉个人的自由，而飞蛾扑火般投入的一种行为艺术。

美兰第一次听到这句话的时候，还不太明白，而今，她是真的懂得了秦笙对婚姻没有多少欲望的原因。她想自己之所以痛苦，大概，是因为自己既没有林溆的彻底世俗的精神，也没有秦笙不婚主义的坚定理想，她徘徊在现实与理想的中间，不知是该向左一些，还是向右一些，到最后，只能这样在夹缝中，毫无自由地左右摇摆。

美兰一觉醒来，已是接近傍晚。因为睡觉时不想被窗外的喧嚣声打扰，美兰关了窗户，她因此觉得无比闷热，甚至出了一身的汗，这让那件在北京时，于飞买给她的绿色丝质睡衣，摸上去温热、潮湿，并有一丝暧昧的气息，从身体里蒸腾出来。美兰不由自主地用手抚摸过这件睡衣，心底依然是悸动的，犹如于飞曾经这样许多次深情地爱抚过她的身体一样。美兰忽然强烈地想念于飞，她拿过手机来，想要短信他，却发现，上面有三个未接来电，还有两条短信，都是来自于飞的。于飞的两条短信，均很简短，一条写着："美兰，我想你。"另一条写着："美兰，10天后我去见你，不准你逃。"

美兰的心，又被那种晕晕乎乎犹如飞翔的感觉，环绕住了。这样的感觉，犹如一年前，美兰躺在于飞的身边，与他缱绻缠绵时的甜蜜与忧伤；或者她站在某个宾馆的房间里，等待于飞穿越大半个北京城，来寻找她时的晕眩。她现在明白自己为什么深爱于飞了，因为这个男人，让她去掉一切所谓的艺术的学历的光环，恢复成一个温柔单纯的小女人，内心除了爱情，什么都不想拥有，什么都不想追求。她的欲望，在和于飞一起时，降落到最低，犹如一场大雨，冲刷掉她的身体和灵魂上，所有不洁的欲念，她拥抱着他的那一刻，世界停止，静寂无声，她只听得到他的心跳，还有爱情的私语。

美兰坐在床头，抱着膝盖，将那两条短信，反反复复，看了很多遍，最后，她只发了三个字：“傻瓜，晚。”而于飞几乎是一秒钟之后，便回复过来：“傻瓜，要等我。”

因为于飞，美兰很快淡忘了刘志国带给她的苦痛。她甚至还破例地多管了班里的几桩小闲事，将几个有夜不归宿记录的女生，一个一个叫出来，进行了一番思想教育；又找来几个班干部，将班里最好的一些作品，裱糊起来，挂在教室的墙壁上，让学生们学习揣摩，并从中汲取创作的灵感。

美兰还过问了一下李小濛的个人私事，让她不要跟离婚的父母怄气，她应该起到黏合剂的作用，而不是分裂催化剂。李小濛若有所思地看着对其进行谆谆教导的美兰，没点头称是，也没保证努力做到，而是忽然问她："美兰老师，你最近恋爱了吗？"

美兰吓了一跳，不知道哪里让她看出了破绽或者端倪，她甚至下意识地看了一眼手腕上的银镯，怕上面特意找人刻上去的她和于飞名字首字母的缩写，被李小濛窥了去。

李小濛显然是聪明的，立刻就看出了美兰的紧张，嘻嬉笑道："美兰老师紧张什么啊，我又没跟踪你的行踪，不过实话实说，那天周末，我看到你乘坐公交去约会了，当然，我不知道约会的对象是男人还是女人。"

说完了这句，李小濛就狡猾一笑，似乎，在告诉美兰，其实她完全没有必要这样教育学生，因为她自己就对爱情不专一呢。

美兰是真的紧张了，尤其是在如此精明的李小濛面前，她觉得自己简直是世界上最糟糕的演员，一眼就被李小濛这个导演给窥去了所有的意图。可作为李小濛的老师，她只能强迫自己镇定下来，从容一笑，道："你要是将这点小奸小坏，用到创作上，我保证你会是整个系最棒的学生。"

李小濛乐了："美兰老师，你忘了天下第二是最快乐的了，我可不想当什么最棒最好的学生，不如将那点精力，分给谈恋爱，或者逛街买衣服，打扮自己，让自己做个大众情人。”

美兰也笑起来：“李小濛，你这叫什么逻辑呢，不过我也知道老男人们为什么喜欢你了。”

李小濛歪着脑袋笑道：“老师知道就好，省得你花工夫跟踪调查我了。”

美兰当时没有在意李小濛的这最后一句话，不过两三天后，她没想到，自己真的跟踪上了李小濛。

那天美兰去G城的一家中高档的商场买衣服，为了见于飞，她将衣橱翻了个底朝天，最后发现，没有衣服适合见他，所以只能去买新的。跟于飞的相识，也是在初夏。美兰记得三年前自己穿着纯白的棉布短袖衬衣，浅绿色的长裙，在一个朋友的聚会上，见到总是纵情大笑的于飞。于飞后来对美兰说，那一天的她，像一株秀气柔美的小葱一样，让他忍不住就想靠近了，嗅一嗅她美好湿润的香气。而今美兰站在镜子前面，尽管跟于飞一年未见，但她还是觉得内心仓皇，总觉得自己老了，再也来不及追赶上于飞，嫁给他，和他一辈子厮守在一起。于飞总说，看不够她，亲不够她，也爱不够她。于飞说这些话的时候，像一个孩子一样无辜单纯地注视着她，让她忍不住叹息：男人爱上一个女人的时候，怎么会傻得像孩子一样呢？于飞还说，每一次见美兰，都会洁癖似的，将牙刷得非常干净，因为他觉得美兰玉石一样纯美，他不能用口气熏染了她，他想爱她更洁净一些无瑕一些。

美兰一直记着于飞这样的痴爱，所以他来见她，她也要将最美好的，送给他，不管，他们是不是能够在一起，而又会不会继续为彼此等待与守候。

其实美兰已经在淘宝网上逛了许多的店铺，想要买一件裙子，但均不能如愿，所以便在本地网上查了G城一些购衣指南，最后决定去一家名为“美尚”的大型女性衣饰商城逛上一次。

但进去之后，美兰就有些后悔，商城品牌的确很多，只是，因为衣服太过缤纷，让喜好简单的美兰，走不到几家，就因为选择的过于丰富，而头昏脑涨。这让美兰更加怀念起北京大街小巷深藏不露的特色小店来，想起在黄昏吃完饭后，跟于飞一家一家淘特色工艺品的小快乐。离开北京的时候，因为托运行李的不便，美兰扔掉了许多的东西，有些别人送的礼物，她也因为负累，转手送了人。但唯独于飞送她的东西，大到裙子，小到一支圆珠笔，她都完好无损地保留着。甚至，她和于飞第一次在后海约会，坐在一家名为火塘的酒吧里，分吃完的一袋薯片，那个漂亮的包装盒子，她也敝帚自珍地留着。这些外人眼中的废品，在美兰的心里，如同不能与人共享的珍宝，她珍藏着它们，就像珍藏着于飞的爱情，她看到它们，也犹如看到那段像火一样暖像糖一样甜的爱恋。

美兰兴趣索然地游逛的时候，又想起她曾经跟于飞有过的一个理想，想要去大理、丽江或者苏州，开一个小小的青年旅馆，美兰当然是旅馆的老板娘，并用她的笔，在墙上涂满爱的语言。而于飞则做一个阔气的老板，坐在庭院里晒晒太阳，喝一壶闲茶，或者躲在门口偷偷地看美兰在房间里忙碌。美兰还曾经为了这样一个理想，努力地画画、攒钱，而于飞则早已开始了准备工作，他将地点选在了大理。那里一年四季，鲜花怒放，阳光充足，天空湛蓝，是最适合人停下来，漫无目的“虚度”光阴的地方。他还实地考察了一些待租的客栈，并将目标锁定在了其中的两三家，打算等美兰也有空的时候，帮他定夺。可是，美兰抵达G城后，被工作与婚姻缠绕着，忽然悲伤，觉得爱情渺茫，写信给于飞，告诉他说，自己决定放弃。于飞没有跟美兰争吵，只是安静回复她一句话：我在大理，等待爱情。

而今这些理想，又在美兰的心里，以一种神奇的速度，复苏，抽枝展叶，并绽放出花朵。美兰想，暑假的时候，她要去一趟大理，去于飞所说的人间天堂里，住一些时日，并寻找于飞走过的足迹。

这样想着，美兰又觉得可以忍受周围喧嚣的人群，还有女人们抢购打折衣饰时，满脸疯狂的欲望。她因为这样的忍受，而多逛了许多家店，并在一家香港的名牌衣饰店里，一转身，看到了李小濛。

美兰在最初看到李小濛兴致勃勃地试穿一件几乎露出底裤来的超短裙时，本来想给她打一声招呼，并顺便建议她不要买这样性感的裙子，因为跟她的形象有些不符，也会让她出行时，惹来一些男人的骚扰。但还不等她走过去，就看到那个叫李沧贺的男人，不知从什么地方，冒了出来。他拿着皮包站在一旁耐心等待李小濛一件一件试穿衣服的样子，让美兰突然觉得他非常可怜，好像一个暂时被李小濛遗忘掉的自动取款机，或者钱包，或者银行卡。美兰还注意到李沧贺的皮包夹在左腋下，而他的右手，却一直紧张地捏着皮包的一角，好像，怕里面满满的钱，会不翼而飞一样。商场很大，李小濛和李沧贺，一个一心一意地试穿衣服，一个全身心地保管自己的钱包，所以他们显然谁都没有注意到美兰的存在。而这样的忽略，恰恰是美兰那一刻所希望的。

美兰也不知为什么，就有了跟踪李小濛的兴致。大概，是她对这个商城，实在不感兴趣；也或许，是她想知道，李沧贺这个男人，究竟是如何成功处理有钱老婆和物欲强烈的小情人之间的关系的。美兰从未对别人的八卦这样感兴趣过，所以，她竟是有一种初次做贼一样的兴奋和紧张。她很快转移到一个不会被他们发现的角落里，透过一面位置放得恰到好处的镜子，仔细观察他们的言行举止。

李小濛很快就选定了三件衣服，她似乎对价格看也没看，就直接让服务生给包起来，而李沧贺则忙不迭地跑过去，拿出一沓现金来准备付账。不过在付账前，他还是很仔细地要了单子，挨个过目了一遍，美兰肯定，他也很快地将那些数字，心算了一遍，不至于让人多收了钱去。李小濛只顾着兴奋地浏览其他的衣服，全然没有注意到李沧贺掏钱时，脸上滑过的一丝不易察觉的表情，这表情里，既有心疼，也有犹豫，还有挣扎。

交完了钱的李沧贺，还没有来得及跟李小濛说上一句话，就又一路小跑着，跟她去了另外一家法国的品牌店。美兰对品牌认识不多，她从不介意牌子，只要美好，哪怕来自乡间作坊，她也会欣然买下。所以她只看清了店铺上方4个醒目的大字：来自法国。美兰估计李小濛也是奔这几个字而去的。她明显感觉出李小濛的高涨购物情绪，有些不对，她将衣服一件一件揽在怀里，一起去试衣间试穿的时候，脸上有报复一样的快感和得意。而且，好像她买的衣服越多，这种快感就越强烈。

李沧贺跟在李小濛身后，像一个可怜兮兮的提包跑腿的仆人，偶尔给李小濛一点建议，连一点儿反应也换不回来，好像他面前站着的，是一块千年不化的冰，或者，他根本就没有资格跟她说话。期间李小濛拿了一件大红色的连衣裙试穿，李沧贺看到了，赔着笑，大概说这件衣服有些俗艳，不适合她穿，李小濛立刻冷了脸朝他喊：你只管付钱就好了，管那么多干吗?!李沧贺听了果然不再言语，讪笑着去前台刷卡。而美兰则越发地好奇，不知这李沧贺究竟哪儿得罪了她，竟是对她怕到如此程度。

大约40分钟后，李小濛才终于结束了疯狂购物，心满意足地打算离开美尚商城。美兰正不知究竟是选择离开，还是继续跟踪他们，李小濛不知为何，忽然将李沧贺递过来的一沓钱，全甩在了他的身上。美兰躲在离他们最近的一排衣服后面，隐约看到李小濛将李沧贺的手拉过来，放在自己的小腹上抚摸着，而后露出一抹嘲讽的微笑。她听不太清李小濛在说什么，但却看见李沧贺挣脱开李小濛的手，将钱捡起，又从钱包里拿出一张银行卡来，放到李小濛的手中。李小濛这次没有发怒，将银行卡举起来，眯眼看着，好像要鉴别这张卡究竟是真的还是假的。看了片刻之后，她再一次露出得意的笑容，并把银行卡放在小腹上，比划了一下，这才将卡放到了兜里。

美兰一直注视着李小濛上了李沧贺的车，那车又朝着学校的方向开去，才收回了视线。她坐在商城一楼麦当劳的座椅上，想着李小濛的一系列动作，起初不解，后来看到一个大肚子的孕妇从面前经过，才忽然间明白李小濛两次将手放在小腹上，是因为，她怀上了李沧贺的孩子！

明白了这一点，美兰觉得心里恐慌，为李小濛有可能面临的开除的处分，除非，这件事情，除了李沧贺、李小濛和美兰自己，没有第四个人知道。可是，从李沧贺的银行卡来看，李小濛肯定会选择打掉这个孩子，还有一种情况，是李沧贺想要甩掉这个有些麻烦的李小濛，所以用买一堆衣服，和送一笔钱的方式，来了断这件事。这样的了结，对于频繁更换男友的李小濛来说，大约不会有太多的疼痛。可是，流产手术的疼痛和伤痕，却不是一时能够痊愈的。假若她去医院流产的事，被同宿舍的同学发现了，而后传播出去，怕是学院会为了对外的声名，牺牲掉李小濛，让她要么留级，要么因为之前累积的严重警告处分，直接开除。而这样的事故，她作为班主任，也脱不掉干系。陈大力会不会也将她的种种“罪行”，累积起来，给她来个严重警告处分呢？

想到这里，美兰买裙子的欲望，一下子降到最低。想要给李小濛打电话，可是又觉得立刻电话不太妥当，只好一个人焦虑，想着如何妥善解决这件事情，既不让李小濛受到学校的处分，又能让她尽快离开李沧贺，不要跟已婚男人纠缠在一起。想来想去，似乎要暂且搁置两三天时间，或者，在李小濛向她请假的时候，方能向她发问。

美兰觉得自己好像成了偷窥者，刚刚跟踪完了李小濛，第二天在距离学院不远的门口，又碰到了康乔。当然，她在车外，康乔在车内。而且，他显然没有注意到远远走来的美兰，倒是美兰一眼就注意到了她不止一次跟林淑坐过的“豪车”。康乔的车在学院门口的右侧，而大多数老师们，上课都从左侧进入，所以很少会有人注意到车里的康乔。美兰心里纠结，知道这样不好，可是想到林淑，忍不住又想知道，康乔和秦笙的关系，究竟进展到了什么程度。

美兰很快想到了一个好的办法，她快步走进学院的教学楼，从一楼左侧的走廊窗户里，果然可以看到康乔的车。这个角度让美兰隐隐有些兴奋，但也夹杂着一些偷窥的羞耻感。片刻之后，美兰便看到秦笙从教学楼走了出来，并且径直朝康乔的车走过去。她以为秦笙会打开车门，直接坐进去，而后乘车离开学院。但是出乎意料，秦笙却敲了敲车窗，示意康乔出来。康乔开了车门，似乎也示意秦笙进去。两个人僵持了一会儿，最终康乔走了出来。

两个人的聊天，非常平静，至少，秦笙是平静的，而从康乔试图牵着秦笙手的姿势判断，他应该是想要挽留或者亲近秦笙。美兰看着两个人带着一种朋友间的距离感，一来一往地交流着，忽然觉得人生好玩，同样是婚外恋，90后的李小濛是激烈的、高傲的、放纵的、不屑一顾的；而80后的秦笙，则是从容的、节制的、淡定的。不过是相差10年的时光，却让女人们，有了这样迥异的对待爱情的面容。

两个人的谈判，如果，可以称得上谈判的话，节奏缓和，像一条小溪，静寂地流过山谷，或者是一缕炊烟，淡淡飘过一片树林，世界依然如此，一切都未曾改变。

美兰甚至还看到秦笙笑了，康乔当然没有，即将40岁的他，大约不能够像秦笙这样云淡风轻地谈论一场不知道结局如何的婚外爱情。秦笙真的不想嫁给康乔吗？可是，她当初又为何爱他？而康乔究竟是没有最终决定与林淑离婚呢，还是下定了决心，可是又忽然发觉秦笙对婚姻，并没有他想象的强烈，因此生出犹豫呢？

这些问题的答案，或许不到最后，连他们自己，也不能够知道，所以美兰也不想现在去八卦地询问林淑或者秦笙，究竟这一场婚外爱情，何去何从，又究竟谁用宽容，来为它沉重的结局埋单。况且，她自己还都陷在情感的泥沼中，寻不到方向，关注更多，岂不是自寻烦恼？就像被康乔的背叛折磨得快要疯掉的林淑，对美兰的几次叹息，连反应都没有。生命苦短，若自顾都无暇，又怎么会慈善家一样，思及其余？

李小濛果然在两天后，发了短信，说要请假一个星期。她没有言及原因，而是再一次选择了撒谎，说家里有些事情，需要她回去一趟，等处理完，再回来上课。美兰想了想，直接将电话拨了过去。起初，李小濛给挂掉了，美兰固执地再一次打过去，响到最后一声，美兰以为没有戏了，李小濛忽然就接通了。

电话接通后，美兰反而有些不知道该说些什么。倒是李小濛，很大方地问她：“我刚才不方便接通，老师有急事吗？”

美兰听到李小濛这样的镇定自若，反而生了气，将心里淤积的话，脱口而出：“李小濛，告诉我实话，你是不是因为怀孕了，才请假的？不要给我撒谎，那天你在美尚商城，我看到你和李沧贺的争吵了！”

说完的那一刻，美兰心里好像一下子空了，但也因为这样的空，而有些失落，好像，将一株树，从心里连根拔掉后，留下来的那个大洞，“嗖嗖”地进了风，或者灌了水，凉凉的，说不出的空茫感。如果可能，美兰甚至希望将那一株树，重新收回来，安放在心里，哪怕枝繁叶茂到伤害了自己的身体，她也忍受着因为李小濛的过错，而给自己带来的痛苦。

李小濛果然沉默下来，似乎等着美兰继续说话，也似乎，不想对此事，发表任何言论。

这样的沉默，让美兰愈发觉得刚才直截了当的话，有些残忍了。她应该更委婉一些，让李小濛有一些心理缓冲，而不是直接将刀子扎到她最脆弱的地方。

美兰试探着开了口：“小濛，你放心，我不会将此事告诉学院的，你在家好好休养，如果家里不方便，就在外面租一个房子，只是，要注意安全，如果需要我去陪着到医院，也告诉我。其实一开始，我就想告诉你，爱上已婚男人，是一个错误……”

李小濛没等美兰说完，就打断了她的话：“老师，谢谢你，不过我不觉得是一个错误，我一开始跟他在一起，就知道不可能有什么结果，但我还是不后悔，因为我在这个过程中得到满足了，这就足够了，至于身体，只是一个意外而已，现在无痛人流那么方便，老师不用为我担心，况且李沧贺给的我那一笔钱，足够我用到毕业了，我早就不想跟我父母要钱了，他们都各自有了家庭，我成了多余的一个人。”

美兰心里划过一阵疼痛，她没想到爱情在李小濛这里，只是单方面的满足与快乐，只要自己从爱情中得到了一些东西，至于其他人，是不是受到了她的伤害，有没有因为她的介入，而生出矛盾，对于李小濛来说，均不值一提。

美兰找不到话来说了，她突然觉得在爱情面前，自己似乎应该拜李小濛为师。她们这一代人，尽管有些利己，可是却也因为这样的利己，而不会承受让美兰备受煎熬的伤害。伤害对于她们，不过是落在身上的尘灰，漫不经心地扑打几下，便又可以焕然一新，笑笑上路。世界那么大，哪儿找不到下一个喜欢的人呢。对，就是下一个，唯一只存在于童话里，而真正温暖身体的爱情，就在下一站。

美兰只能叹息一声，告诉李小濛，既然这段爱情在她的心里，没有多少伤痛，那么更好，愿她尽快地身体康复吧。

李小濛在美兰有些忧伤的语气里，竟是轻快地应道：“那么，老师我挂啦，别为我担心，我身体好着呢，估计跟月经一样，一个星期就去无踪了，何况还是无痛人流呢。OK，老师，下周见！”

美兰在电话挂断后，发了一会儿呆，想着，如果自己是李小濛，或许现在，就可以很轻松地辞掉工作，跟刘志国分手，直奔等待她的于飞而去，至于唐放，且当一段美好的相伴，忘记了吧。

但美兰终究已经快要30岁了，回不到20岁像李小濛那样青葱放肆的年龄，也或许，即便是能够回去，她也依然没有李小濛的豁达心态，大度到连身体上的伤害，都可以一笔抹去。所以她在于飞即将抵达G城的时候，才不知所措到失了眠。

刘志国在这几天的反应，也有些奇怪，他虽然不再追问美兰与陈大力的事情，但却总是在美兰前脚刚刚出门的时候，他也跟着后脚出了门。有时候，明明他刚刚下班，美兰要因为学院一些乱七八糟的事情，去旧校区，他也找了理由，出门办事。而如果美兰问他有何事，他又支支吾吾地不肯说。美兰没想太多，她也很少过问刘志国工作上的事，猜测大概报社采访，不便透露，也就只叮嘱两句，就将他给忘记了。

不过一次美兰刚刚从艺术学院旧校区出来，就在左边的小道上，碰到了刘志国。美兰诧异，看他似乎有些慌张要走的样子，便大声叫住了他。刘志国只好回转身，等美兰走过来，解释说，恰好来采访艺术学院音乐系的一位钢琴教授，要做一个小访谈，没想到凑巧跟她遇到了。

美兰看着刘志国有些红的脸，貌似撒谎后的表情，便故意问道："那教授叫什么名字？或者我认识呢，因为我跟音乐系的秦笙是朋友，她经常跟我讲起他们系教授们的大小事，如果需要，或许你能从秦笙那里，侧面打听到一些新闻也说不定呢。"

刘志国脸涨得更是红了，急急道："不用那么麻烦，我都办好了，就一个弹钢琴的，有什么好全面打听的，不过是问一些专业方面的问题而已，对了，你回家顺便买一些菜吧，今天我早点回去，晚上还要将采访稿写完，明天等着见报的。"

刘志国当晚的确熬夜写了稿子，只是第二天美兰特意买了一份报纸看，并没有发现任何有关于音乐系教授的新闻，甚至整份报纸连音乐两个字都没有提及。

美兰忽然明白了刘志国这几天的忙碌，不过是因为，他开始因为陈大力的事情，而跟踪她。明白了这一点，美兰心里对刘志国的那点留恋，更加少了。她觉得与自己同床共枕的这个男人，相处了7年，却根本就不了解他。那时在校园里，爱情不过是牵手逛街吃饭，不涉及买房结婚工作等世俗的事情，就像井水过滤掉了细菌，成了可以直接饮用的纯净水一样，一切都是透明简单干净的。可是而今，这潭水，却是慢慢地浑浊了，连昔日两个人并肩嬉戏的影子，也看不到了。

美兰站在一排衣柜前，看着那些长长短短的裙子，想，如果刘志国跟踪她，去见于飞，怎么办呢？他会跟于飞打起来吗，就像上次她去见唐放，唐放的妻子，破口大骂了他一样。于飞此次来这里，是带她走，还是仅仅出差路过，看一眼她？如果于飞不再对她留恋，他走后，她就真的这样和刘志国生活下去吗？还有，他们已经订好在秋天的婚宴，真的会如约开始吗？刘志国有没有像她厌倦他一样，也早已不对爱情抱有希望？

想到最后，美兰头疼，看到一件淘宝上买来的纯白色长裙，她又笑了，想，就这件吧，这是于飞喜欢的干净纯美的式样，活着应该像李小濛那样吧，或者，退一步，像秦笙那样也好，考虑那么多，做什么呢？如果刘志国愿意跟踪，那就让他跟踪好了。

于飞是在抵达租住的宾馆之后，才给美兰发了短信。之前他没有告知美兰任何消息，美兰不想主动问他，只一个人胡思乱想，翻看着手机上的日历，猜测着于飞应该在这两天，就要到了。

美兰收到短信的时候，刘志国恰好晨起要出门上班。临出门前他回头看了美兰一眼，说，今天晚上的饭他也不回来吃了，单位聚餐。美兰正在看短信，头也没抬，就说好。但她显然脸上有些兴奋与紧张，并且，这样微妙的情绪，让近来非常敏感的刘志国察觉了出来，他在门口，停了片刻，等着美兰看完了短信，抬起头来，才道："今天你不上班，待在家里如果没事，将洗衣机里的衣服，都洗了吧，里面有我明天要穿的白色衬衫。"

美兰心里因为于飞的到来，满满的，根本就忘了刘志国表情的变化，一口拒绝道："今天我也挺忙的，可能有同事约了吃饭，所以未必能够有空。"

刘志国狐疑道："哪个同事？吃什么饭？有求于你吗？"

美兰被刘志国的这一系列问题，给惊醒了，这才抬头看了刘志国一眼，犹豫道："哦，是一个关系不错的同事，大概想让我做一个活动的宣传海报吧，应该是有事求我的；不过我中午吃完饭就回来，下午回来给你洗，不耽误的。"

刘志国这才松了口，说："那也好。"

门关上的时候，美兰便将刘志国给忘记了，她一心一意，只想着于飞，想着要穿上早已准备好的裙子和鞋子，戴上于飞送她的银镯和脚链，还有离开北京时，他买给她的漂亮的手提包，也要带上。她要像一切都还在北京时那样，让于飞看到一个不曾改变的她。

至于刘志国，至于工作，至于婚宴，至于道德，至于艺术，暂且，都丢到一边去吧。此刻，她只想跟于飞在一起，她只想飞过去，告诉他，他依然在她心里，最深的地方。

美兰在去往宾馆的路上，觉得自己像一只小小的虫子，在半空里快乐地飞着，明明知道不自量力，比不上那些翱翔的大鸟，还有天空中舒展的云朵，可还是试图与它们一样，以让人艳羡的高度，伸展开翼翅。因为只有这样，她才能够将心里满得要流溢出来的幸福感，花朵一样，一瓣一瓣，全部怒放开来。

出租车里，正低低地放一首美兰不知道名字的情歌，美兰心里快乐，就忍不住问师傅，能不能将声音调大一些，她喜欢这首歌呢。师傅转头冲她笑，没说话，但却将声音放大到可以笼罩住美兰整个的身心。美兰在歌声里，深情地看向窗外的风景，她第一次觉得，因为于飞抵达了这里，这个城市，竟然是温暖的、湿润的、值得爱的。

于飞的到来，让美兰也第一次关注G城的大小宾馆，她在网上，几乎将G城所有中档宾馆的名字，都了然于心。所以当于飞报出自己所在的位置的时候，美兰的脑中，立刻就像安插了一个卫星定位系统一样，将于飞所在的位置，锁定在了G城的某个大街小巷上。

美兰到了宾馆，竟是没敢乘坐电梯，她怕电梯一瞬间就将她带到于飞的面前，那种突然而至的强烈的欢喜，会击垮掉她，会让她连站立也不能够。美兰甚至迷信地相信，人在死前，一定有那么一刻，是迷幻的、飘忽的、飞翔的。而她，在一步一步走上四楼的时候，就在这样颠倒的幻觉之中。因为这样被幸福裹挟着的幻觉，她要放慢脚步，轻手轻脚，她怕一不小心，这样的幸福，就打散了，飞掉了，且再也不会回来。

502的房号，美兰知道是于飞特意选定的，五月二号，是他们三年前相遇的春天。世界上所有的美好，都在那一天凝固。即便是美兰老掉，她也不会忘记那一天的自己，有怎样的羞涩、温柔、不知所措，如一只被人凝视着的小猫小狗，她情愿蜷缩在于飞的怀里，一生终老。

门铃按下去的时候，美兰觉得好像打开的，不是一扇门，而是过往的一段记忆，是她心里最刻骨铭心的一段爱情，或者，是她整个一生中，最为璀璨耀眼的瞬间，她将它们珍藏在心里，就像一只飞虫，凝结成一粒琥珀，以为再不会开启，却不知道，原来那把钥匙，她并没有丢掉。

门打开了，于飞站在里面，美兰站在外面，像一条河流，看似安静，却只有站在两边的人，才知道，它的内里，有怎样汹涌澎湃的波浪，即将掀起，以毁灭性的力量，将两个人，缠绕在一起，消融在一起，再也不要分离，再也不要伤害。

美兰设想过很多次，她见到于飞的场面。她想或许她会假装平静，来掩饰内心的思念；或许她会扭头跑开，不让于飞再寻到她；或许她会与他争吵，用所有能够想到的语言，伤害他，试图让他离开；也或许，她内心真的毫无波澜，就像见到一个久别重逢的朋友，只是亲切，只是温暖，甚至，她还能跟他开开玩笑，说些天气之类的废话。

可是，她没有想到，当她站在他的面前，抬头看到他深情又忧伤的笑容，听到他低声但却温柔地唤她“小傻瓜”，然后将她霸道地拉入怀里，不说话，只是一下一下地，抚摸着她柔软的长发，她心底曾经有过的所有的设想，全部坍塌，尘灰飞舞中，她只是柔弱地哭泣，没有声音，疼痛从心底的某个地方，蔓延至全身的每一个细胞，可以感知到爱的依然存活着的细胞。

美兰真的将一切抛弃掉了，如果，此刻，于飞带她离开G城，她会毫不犹豫，丢弃一切。她疯狂地亲吻他，喃喃自语，一遍又一遍地说“傻瓜，我想你，很想很想”。世界在那一刻，停止了转动。一切都变得那么清晰，彼此的呼吸，心脏的跳动，指尖的力量，身体的疼痛，头发的缠绕与撕扯，洗手间里水滴的响声，汗水的咸味，海水一样袭来的绝望与快乐，想要吞没掉彼此的思念，咬在身体上的齿痕，炽热的，喊叫的，饱满的，放肆的，甜蜜的，不休止的，混乱的，模糊的，柔弱无骨的。

世界，成了虚无，天地之间，只剩下美兰和于飞两个人，美兰想要喊叫，也唯有喊叫，能够将她在这一年内，对于飞积聚的疼痛，全部释放出来。当身体抵达高潮，美兰的眼泪，如一条汪洋大海，狂涌而出。美兰喊叫，像一条不知羞耻的鱼，告诉这个世界，她爱于飞，很爱很爱。

潮水退去的时候，美兰躺在于飞的怀里，亲吻着他被汗水浸湿的肌肤。那些汗水，混合着美兰自己的眼泪，全部吮吸进她的心里。她忽然觉得悲伤，无力拯救的悲伤。

美兰又哭了。她想，这一刻的幸福，是假的吗？如果是真的，为何她没有力气，挽留这慢慢退去的一切？如果是假的，那么，她又为什么会躺在于飞的怀里，像去年的夏天，她许多次与他藤蔓一样缠绕在一起，不休不止？

美兰抬起头来，看着于飞，他的面容，依然是宽阔的，他不是帅气的男人，甚至微笑的时候，有些像个孩子，天真的不染尘埃的孩子。她抚摸着他的眼睛，他的鼻子，他的嘴唇，他的眉毛，他的头发。她一句话都说不出来，她的心被高潮退去之后的绝望，彻底地裹挟住了。

于飞也同样一动不动地凝视着她。房间里的窗帘，没有拉开，光线是一种不知白日还是黑夜的昏暗。外面隐约地听到市井的喧嚣，远远的，梦境一样，一波一波地涌过来，又退去，又涌来，又退去，像极了此刻空气里的忧伤。

不知过了有多久，于飞开口："美兰，跟我走吧！去大理，我说过，给你一个开满鲜花的小镇，它就在大理，我已经买下了一个旅馆，只需要你，放弃这里的一切，提起行囊，去那里。你可以在大理找一所大学，或者，如果你不想工作，就做我的老板娘吧，我也辞掉工作，我们一起去那里，答应我，好不好？"

于飞用手臂，轻轻地晃动着美兰的身体，试图从她那里，得到立刻的答复。可是，他得到的，却是美兰的哭泣。

美兰的心里，杂草丛生，荆棘遍地。她不知道如何用镰刀将它们砍掉，劈开一条道路，可以没有阻碍地通向于飞为她建立的梦的王国。她想起已经在为她准备嫁妆的父母，想起已经开始还贷的房子，想起刘志国种种世俗的努力，想起这份不知如何开口辞掉的工作，想起已经人人知晓的秋天的婚礼，想起即将开始装修的新房，想起秦笙与林淑，还有唐放。一个城市，是这样可以轻易地抛弃掉的吗？一份爱情，是可以这样不顾一切的吗？

她抓过于飞的手，用牙齿咬下去，用力地咬，似乎，想将那里，咬到血流不止。

最后，她终于强忍住了哭泣，抬头看着于飞，哽咽道："于飞……"

于飞用另一只手，捂住了美兰的双唇，无力道："美兰，不用说了，我懂。"

美兰的心，在那一刻，枯萎掉了。

美兰离开宾馆的时候，跟于飞拥抱，还不等她说再见，就有一个人，横着冲撞过来，将她和于飞狠狠地拆开，并"啪"一下给了美兰一个响亮的耳光。美兰差一点儿就被打倒在地，好在有于飞拉住了。待到站稳了，这才看清，那个面目扭曲到恐怖的男人，竟然是刘志国。

刘志国像一个疯子一样，当着宾馆门口来来往往的行人，朝美兰大吼："你他妈的给我解释清楚，这到底是怎么回事！他是你同事还是哪儿傍上的有钱男人？吃饭吃到宾馆来了，还要不要脸?!"

美兰的脸上，到此刻才觉出火辣辣的疼，像割下一刀去，又洒了一把盐一般。她下意识地用手捂住脸颊，看着刘志国，没有说话，眼泪却流了出来。

于飞很坚定地走近美兰，伸出胳膊，拦住美兰，而后看着刘志国，道："对不起，你误会了，我们没有你想象的那样不堪，我们……"

美兰突然就甩开于飞的胳膊，大声哭喊道："你们都不要说了！都是我的错，如果没有我，你们都会得到幸福！所以也请你们都放开我吧，让我一个人待着！"

有一些人围观过来，刘志国朝那些人歇斯底里地怒吼："滚！统统都给我滚开！他妈的看什么看，没见过贱女人吗?!"他用力挥舞手臂的时候，还一次次地打到美兰的身上，美兰任由他这样疯狂地击打着，一动不动，眼泪也慢慢冷了下去。

于飞在刘志国再一次将拳头挥舞到美兰身上的时候，冲了过来，将刘志国一下子抡开去。刘志国像一只发了怒的狮子，转身过来，一脚将于飞踹倒在地，又不等他站起来，弯腰下去，凶狠地用拳头捶打着他的前胸。

人群再一次聚拢来，有人惊恐地看着失去了理智的刘志国，有人不解地看着过来试图拉住刘志国的美兰，还有人指点议论，说："看，两个情敌打起来了，也不知道谁是第三者，大概是女人不检点吧，现在的女人，脚踏两只船的可真多。”

很快宾馆的保安拨开众人，将刘志国用力拉到一边去，而后扶起于飞，其中一个貌似队长的保安，怒吼道：“要打到局子里打去，在宾馆门口扰什么乱！走，你们三个人都到办公室说清楚去，别在这里丢人现眼，看你们也都像是文化人！”

刘志国已经愤怒到无人可以拉住他了，他很快挣脱开两个保安的手臂，拉起美兰，就冲出人群，他一边无头苍蝇一样地向前大踏步走，一边回头大骂于飞：“操你妈的，如果你还敢在这个城市里待着，还敢来泡我老婆，老子早晚会要了你的命！”

美兰心里的恐惧，像一件鬼衣，将她紧紧地缠绕住，几乎窒息。她不知道刘志国要将她带到哪里去，她也已经不再计较，她觉得只要有他在，那么这个世界的任何一个地方，都是一样的黯淡。她跟他在一起，像一叶颠簸的小舟上捆缚住的两个绝望等死的人，明知道这样都不会获得生命，可还是要一起在巨浪中彻底地沉沦下去。

而岸上越来越远的于飞，究竟会怎样呢？还会不会在那里等美兰回去，对她来说，已经无足轻重。她终究离他，是越来越远了。连那渺茫的一点希望，也因为这无法跨越的时间的汪洋，而断掉了。

第十一章　爱情去留抉择事件

刘志国在消耗掉几乎所有的力气之后，便睡过去了。

美兰躺在黑暗中，看着手机上的时间，知道于飞乘坐的航班，应该已经起飞。她不知道他究竟先去北京，还是直接飞抵大理。她只顾得生死离别一样的疼痛，竟是忘了问他。她也不会再短信问他了，世界上一切的来去，启程与抵达，大概都是定数，所以不管如何努力，都不会改变最终的航向。而没有了美兰的于飞，在远方的某个地方，依然会好好地活着，也终究会在将来，有一份与美兰无关但却会安稳妥帖的爱情与婚姻，某个面容平静温和的女人，会在大理灿烂的阳光下，陪他直至终老。而这样的结局，未必，不是最好。

刘志国在第二天起床出去上班后，晚上就没有回来。看看打开着的衣橱，美兰知道他收拾了一些衣物，去了单位宿舍，不知这一去，是像从前一样，一周后回来，还是再也不来与美兰相见。

美兰坐在书桌前发呆，她环顾有些杂乱的四周，觉得在这个炎热的夏日，忽然有些冷，是阴森森的冷，铺天盖地地将她围住。她不知道如何才能够逃出，见到外面蝉鸣声声中的太阳。她的心里，像洗衣机里乱七八糟堆放着的待洗的衣物，灰暗的、缠绕的、不知所措的，没有着落的、空茫的。她觉得即便是这样一直坐到地老天荒，或许她也不会寻到一个可以将自己解救出这间房子的途径。

最后是一个电话，让美兰得以暂时地离开了这个让她孤独但又可以疗治伤口的房子。电话那端的人是陈大力，面无表情地让她到系里拿一份只有博士才能有资格参评的评优表格。美兰本来想说，让给别人吧，她不需要这样的好意，但是陈大力却连说话的机会也没有给她，甚至连一句再见也没有，就挂断了电话。

到达学院的时候，在门口的信息栏上，美兰看到了一份公示，关于职称评审的结果。美兰在美术系副教授一栏中，看到的只有张杰的名字。她笑笑，并不觉得有什么意外，继续浏览下一则通告，这一则倒是让美兰惊讶，陆卫东竟然悄无声息地就成了学院的院长，而原来的院长钱江，则去了学校做校长助理，美兰对官场不甚明白，不知道这究竟是平级调动，还是明升暗降，也不知道这助理相比于一个全院师生人人敬畏的院长，实权是大是小。美兰也没有像身边一些同样看通告的陌生的外系老师那样，小声嘀咕："真是神不知鬼不觉。"这样的语气里带着一种惊惧，还有小心翼翼。美兰只是觉得诧异，又想起陆卫东想要让她辅导的自己的某个亲戚家的孩子，她也未曾主动地问一声，怎么再也没有了下文。陆卫东会不会记得这点仇，若是从前，美兰一定会患得患失，揣摩他的心思，想着是不是自己要亲自请他的亲戚过来才可。而今美兰已经不再介意了，她想既然这个城市，很快就会与自己无关，而其中行走的人，不管他是贩夫走卒，还是关乎世俗利益的权势之人，也不会有太多的联系了吧。

走进办公室的时候，最先迎上来的是张杰，美兰大度，笑道："祝贺张老师。"张杰一笔抹杀了她在其中的种种钻营，欢快道："过一段时间我请客，到时候赏脸去哦。"美兰点头："好，一定。"

张杰大约觉得抢了风头，便故意没话找话，试图祛除两人之间的隔阂。她问美兰知道刘菲近日有了喜事没有，美兰摇头说不知，也用翻办公室角落报纸的动作，表明自己对此并不感兴趣。不过张杰对此等八卦太兴奋了，也或许是评上了副教授，无法掩饰内心的狂喜，所以只能找其他的话题来疏导。她根本没有看出美兰的冷淡来，照样跟在美兰后面喋喋不休，说，刘菲终于打算嫁人了，对方是省城一房地产商的儿子，富二代，刚刚从美国回来，要继承老爸衣钵，大战房地产，据说艺术学院刚刚给教授副教授们盖的一栋福利楼，就是他们家揽下的项目。

张杰像个农村女人一样啧啧道："真没想到刘菲有这么大的本事，不钓则已，一钓就是个金刚钻，在我们普通人为买一套房子都发愁的时候，人家刘菲一下子就拥有了整个小区！唉，我们老了，还是人家年轻人有能过好日子的资本，看来画画好，还是不如嫁人好啊。"

说完了这句，张杰大约也发觉说错了，立刻纠正："不过你也年轻，有大把机会呢，你家老公在报社，也算是能捞钱的行业，所以你可得好好培养，将男人紧紧攥紧了哦。"

美兰听到这里，忽然就笑起来，张杰以为她是笑自己幽默，也跟着哈哈大笑，胸前已经明显有些下垂的两个乳房，有力地颤抖着，像两个想要破衣而出的阿猫阿狗。美兰怕自己又要忍不住笑场，便将报纸放好，找借口去图书室借书，便出了办公室。不想刚刚踏出门去，就看到对门的陈大力走出来，见了美兰，也不说话，只一个手势，示意她到办公室来。

进门的时候，想了一秒钟，美兰将门轻轻虚掩上了。陈大力坐在宽大高贵的皮椅上，跷起二郎腿，看了一眼站在书桌对面2米处的美兰，道：“你作为班主任，应该早知道李小濛作风不正的事情了吧。”

美兰心里一惊，并不是觉得自己又要担当起罪责，而是惊讶陈大力怎么知道了李小濛怀孕的事情。但她嘴上语气依然平静：“嗯，知道的。”

陈大力猛地从椅背上弹起屁股来，将胳膊重重压在书桌上，发作道：“知道为什么不将种种恶劣的行径掐灭在萌芽状态，还任其发展，到现在怀了孕，又在宿舍里流了产，弄得全校皆知！上次她结交的那官二代得罪了陆院长，就已经让我觉得难堪尴尬了，这次又整出这样一出事来，你这老师还想不想干了?!”

美兰低头，看着陈大力锃亮的皮鞋，还有里面露出的一只穿反了的白色袜子，鼓足了勇气，终于开口道：“是的，陈主任，我这老师不合格，所以，我也真的不想干了。”

陈大力惊得重新倒回到沙发椅上去，瞪着美兰看了很久，才不确信似的问了一句：“你不是开玩笑吧？”

美兰也确认道：“不是的，我是认真的。”

陈大力带有一丝留恋地追问道：“为什么？是不是

因为我？”

美兰笑了，她没想到陈大力还如此自恋，以为自己能够有魅力，可以进驻一个年轻女人的心，但转而一想，如果是张杰那样的中年女人，也说不定呢，这世界上，什么都有可能，女人已经不是过去时代内敛温婉的一代，更多的女人，像刘菲、李小濛，或者班花夏青，只要男人有财富或者权势的外延，管他什么内涵丰富不丰富呢，况且，肚子里的东西，有谁看得到呢，还不是暴发户一样，戴一条粗大的金项链才能证明自己的身份。而在这个与艺术毫不沾边的年代，艺术不过也是人脖子里的金项链，要么是价值千万的真货，要么是一文不值的赝品。

想到这些，美兰也就收敛了笑容，摇头：“不，谁都不因为，只是我自己，打算辞职而已。”

陈大力依然不相信似的问美兰：“你不会是糊涂了吧？放着好好的工作不做，要辞职？可是你辞职又打算去哪儿呢？难道博士毕业，在省城找到一所大学的艺术学院当老师，不是一份很好的工作了吗？孰重孰轻，你不至于连利害关系都分析不透吧？”

美兰微笑：“谢谢陈主任的关心，去哪儿不重要，重要的是去的地方是否让一个人快乐，这也是我辞掉工作和将来寻找工作的唯一标准。”

陈大力很认真地又上下打量了一番美兰，用说不上是讥讽还是赞美的语气道：“第一眼见你来应聘，就觉得你有才华也有个性，现在在工作上磨砺了一年，依然如此。”

美兰全当那是夸赞，回复道：“谢谢陈主任的褒奖，如果没有什么事，我先走了，辞职书我会很快写好，交给您的。”

陈大力忽然就正色道：“在我没有通知你可以辞职之前，美兰老师，你还是我的下属，所以也请你务必坚守岗位，认真上课，该承担的责任，一个都不能少。”

美兰也正色回复：“好的，陈主任。说完，便道声再见，走了出去。”

美兰没想到，她前脚刚刚离开陈大力的办公室，他就通过电话，告知了陆卫东。陆卫东回复的意见是，既然已经签约，那么，就要按照签约的合同办，合同上要求多少赔偿的，一分也不能少。

这是陈大力通过短信告诉美兰的，美兰看到，并不觉得意外，只是略添了一层烦恼，但是这样的烦恼，比起在挣扎去留的问题上，已经是小而又小。她连刘志国和一场连接了一生的婚姻都可以舍弃掉的时候，一笔几万块的赔偿金，又算什么呢？

所以美兰只是在稍稍惆怅之后，就打开手机通讯录，打算给相识的人，一一告别。她先发给的，是秦笙，告诉她，自己即将离开G城，大约，后会无期。秦笙很快打过电话来，语气平静，但也充满了不舍：“美兰，你现在在哪儿呢？告诉我，我开车去接你，我们喝一杯咖啡吧。”

打车抵达约好的上岛咖啡馆后，秦笙早已等候在那里了。不等美兰坐下，秦笙就问她：“为什么辞职呢？你是不是不快乐，从来到这里的第一天起，就挣扎着想要离开？”

美兰笑：“你总是那么聪明，你这样的女人，不知道要找个多么优秀的男人，才能够配得上你呢。”

秦笙在端上来的咖啡里，给美兰的杯子里加入白糖和牛奶，又用匙子搅拌均匀，才回她：“爱情其实就像这杯咖啡，如果连自己都不肯主动加一点糖和牛奶，等到什么时候，它都是苦的。所以，如果是因为爱情，能不能再考虑一下呢？”

美兰摇头：“很多事情，是不能犹豫考虑的，一犹豫，你又缩回到原来的生活里去了，就再也没有了勇气打破旧有的生活，所以，你千万不要劝我。”

秦笙饮下一口咖啡，叹息道：“好吧，我知道你和我一样，在艺术学院，算是一个另类，有一点艺术的理想，不想屈从那些俗世的种种，所以爱情上拖延着，工作上也诸事不顺，真奇怪，人世俗一下，难道就那么难吗？”

美兰没有回答秦笙的问题，而是转而问她：“为什么你不肯与康乔结婚？这难道不是你希望的结果吗？肯为女人离婚的男人，应该值得嫁吧？”

秦笙注视着隔窗安静行驶的车辆，眼睛里现出一丝的茫然，让她整个人都朦胧起来，像水中飘忽的一轮月亮，或者雾中摇曳的一个影子，美兰不知道如何才能将她从那种恍惚中牵引出来。

沉默良久，秦笙才扭转过头来，道：“我只是有一些不明白，我一个人好好地活着，什么也不需要男人为我做，我有能力挣钱，不需要男人为我买房买车，不需要男人像哄本科小女生一样地哄我开心，可是为什么，我想要一点的精神，却总是不如意呢？为什么男人在涉及现实问题的时候，总是变得优柔寡断斤斤计较起来？我明明只想要安静地唱一首歌而已，他偏偏认定我是想索要一座可以像钱柜一样K歌的房子。而当我需要他陪着去陌生的地方行走时，他又认定这是不切实际又得不偿失的假浪漫。”

美兰叹息：“当你在为理想和浪漫与男人作斗争的时候，我却因为现实，而不得不左思右想，好在，你抛弃了男人，依然肯与大多数女人背道而驰，而我，也最终为了快乐，丢掉了现实安稳的一切，所以你看，我们还是同质的，来，伤感的且让它伤感去，世俗的也让它世俗去，就算为了我们的相识，尽管以后再相见渺渺无期，干上一杯。”

秦笙举起剩了半杯的咖啡，一饮而尽，而美兰，也随之灌下那杯苦涩去。

那天两个人还聊了很多爱情以外的话题，尽管属于不同的行业，一个音乐，一个绘画，可是美兰第一次发现，原来不同的艺术之间，和人与人之间一样，也是同质的，不过是为了抚慰人类的忧伤，表达人类共通的情感，美兰孤独之时，所依赖的画笔，到了秦笙这里，不过是换成了乐器与歌唱。它们皆是人抵御这个一寸一寸侵蚀掉内心纯真的世俗物欲的世界的最后的城墙与堡垒。在这所艺术学院之中，或者说在世界上所有的艺术学院之中，能够支撑一代又一代人前来奔赴的理由，大约，就在于，其中美好的始终坚持理想的人手中，不忍舍弃的被尘埃蒙蔽却又干净清澈的艺术的泉水。

美兰在最后离开秦笙的时候，想，大约，这是她在G城，甚至在以后的人生之途中，最后一次敞开心灵，与人探讨可以让她抵抗这个纷扰世界的艺术了。她并不因为秦笙在了解到陆卫东对她离职必须交纳违约金方可离去的事情后，告诉她完全不必焦虑，而觉得欣喜，因为秦笙的一个可以算得上亲戚的人，恰好是现在的副校长，只需一个电话，便可以顺利解决。如果她对G城还能够有不舍与留恋，那么，秦笙，应该算是其中的一股清泉。而另一股，则是她要去见最后一面的唐放。

发短信给唐放的时候，美兰并没有告诉他有什么事情，只是简短一句，说："我想见你。"唐放很快回复过来，同样简短："我在盛唐工作室等你。"

出租车师傅一直将车开到盛唐工作室的门口，才停下来。美兰付钱的时候，门打开来，唐放站在外面，像一个忠贞沉默的仆人，等待美兰下车。美兰看到唐放的手，细心地搭在门口，以防她起身时碰到，就忽然失去了下车去见他的勇气。她想假若她能够在G城，还有一些快乐，那么，都是唐放带给她的吧，可是她来见他，却是为了将他的快乐，带走，而且，再无返还给他的机会。她这样残忍，又怎能心安理得地接受他在原地等待她的好？

美兰在犹豫的瞬间，唐放早已看穿了她的心思，将另一只手，伸进车来，并握住了她的右手。美兰被这一股浸透着汗水的温暖的力量，拉着，不再有任何抗拒的力气。太阳很盛，正是蝉鸣声声的午后，空气里有一种慵懒的东西，在缓缓的飘着。美兰看着眼前瘦了很多的唐放，想哭，最终，却因唐放霸道地抱起她，撞开工作室的门，直接大踏步走进他曾经疯狂亲吻过她的休息室，而内心惊慌起来。

但是，她很快就安静下来。唐放的沉默，让她相信，他不会伤害她丝毫。他果然很轻很轻地将她放在床上，像放置一枚易碎的珍宝，或者很快会消失掉的一缕夕阳。而后，他躺在美兰的身边，将她拥在怀里，没有亲吻，也没有爱抚，只是这样天长地久地拥抱着她，不言不语。

美兰终于不再惊慌，而她的眼泪，到此刻，也才放肆地流溢出来，并浸湿了唐放白色的棉布衬衫。房间因为狭小局促，而显得光线黯淡。可即便如此，美兰还是在朦胧的光线里，看清了一幅墙上挂着的自己的画像。画上的她，像一个安静羞涩的少女，穿一袭第一次见到唐放时所穿的白色长裙，坐在窗边，用清澈的孩子似的眼神，注视着看画的人。这是唐放心中的美兰，他用一幅画，将对美兰所有的爱与激情，倾诉出来。而那个与他有了绯闻的班花夏青，想必，不过是一阵无迹可寻的风，过去之后，便再也不会被想起。

这是美兰第一次读懂了唐放的心，深沉的、内敛的、不肯张扬的、又略略霸气的。假若于飞在美兰的生命之中，是一艘舟楫，那么唐放，则是舟楫之上，飞翔的云朵，他铺排在整个的天空，当人抬头看他，会有深陷其中且无法自拔的忧伤。

美兰将脑袋抵在唐放的胸前，她听到他的心跳，沉稳的，均匀的，却又有不再抱任何希望的安静与孤寂。美兰很想将那颗心小心翼翼地捧起来，给它说一些温柔的话，并抚慰它的难过。可是，她最终只是抬起头来，将手放在唐放的脸上，一寸一寸地抚摸过他脸上孤独的印痕。

最后，美兰将手指，放在了唐放的唇上。

唐放微闭着眼睛，却清晰无误地将美兰的手挪开，而后，深深地，绝望地，吻住了美兰的双唇。那是美兰所历经的，最长久的吻，无边无涯，没有休止，世界似乎停止住了，只剩下她和唐放绵绵不休的亲吻。他们像两尾鱼，在海洋枯竭大地消亡前一秒钟的鱼，用最后的唾液，为彼此延长生命的鱼。她听得到彼此的舌尖，发出的细密的响声，犹如一株植物，吮吸着突然而至的甘霖，或者，一个长途跋涉饥渴至极的旅者，吸入路边草茎上的最后一滴晨露。世界在下一秒钟，是轰然坍塌也好，是彻底消亡也罢，于此刻的他们，有什么关系呢？他们只要此时，只要此刻，只要这一秒钟相互的温暖与炽热。

不知过了有多久，美兰只觉得身体里的汁液，快要被唐放吮吸得彻底空无了，唐放才慢慢地将美兰放开，并开口说了他们见面后的第一句话："你要走了，我知道，其实，在第一次见你的时候，就从你眼中的孤独知道，你不会在这里长久地待下去，这个城市没有你生存下去的土壤，连我，也不能够给你想要的营养。"

美兰找不到话回复唐放，而他也不等美兰开口，又继续讲下去："你寄我的烟灰缸，我早就收到了，只是没有告诉你，我想你的时候，会一颗一颗地吸烟，我觉得那些掸落的烟尘，像我的心一样，成了灰烬，恰好，落在你的心里。你送这个礼物给我，是想让我对你的思念，更黏稠吗？你知道我画画的时候，会抽很多的烟，你也知道，我思念一个女人的时候，会抽更多的烟，你会害死我的，美兰。"

美兰抬起头来，难过道："那么，我离开的时候，带走它吧。"

唐放无力地笑道："你觉得我会放它走吗？美兰，你不知道我爱你到什么程度。我辞职，开工作室，是因为想要娶你；我假装爱上一个学生，是因为想要让你吃醋；我将你画的桃花，挂在工作室正对门的墙上，是因为我每天看到它，会觉得自己活着，还有力气；你画的画，我一幅都没有卖，打给你卡上的钱，是我自己买下的费用，我怎么舍得让一个所爱的女人的作品，流落到别人那里去，或者挂到某个富丽堂皇的宾馆走廊里去呢？我每天住在这里，是为了想要离婚，我不想和一个没有精神的女人在一起，我想要娶你。美兰，告诉我，我还需要怎样做，才能够娶到你，才能够让你在我的床上，还有心里，永远不再离开？你告诉我，好不好？让我一件一件去做，一点一点接近娶你的理想。”

美兰的心，剧烈地疼起来，她忽然说不出话来，她不知道要说些什么，才能够止住这个男人的爱与思念，才能够有勇气，离开这里，才能够将唐放给予她的所有的爱，完好无损地收纳起来，重新放回到他的心里。

而不能够说，美兰只有保持沉默，也只有保持沉默了。她没有秦笙那样的勇气，可以让一个男人为了她而离婚，最后，却很平静的一句不想嫁了，便拒绝了那个人生损失惨重的男人。她已经没有退路，而且决意辞职，那么，她也没有必要留在这个并不喜欢的城市，或者在这个城市寻找另外的一所大学。除了离开，她无路可走。而既然离开，她又怎能让唐放选择离婚呢？她不能这样残忍地让唐放孤独地一个人在这座城市里待着，她宁肯希望他身边有一个不懂艺术却未必不懂生活的女人，陪着，给他做伴。人生短暂，生命无常，能够有一个女人，孤独的时候，可以取暖，那么，于有理想的男人，也是好的吧。

美兰躺在唐放的怀里，琐碎地说起自己的辞职，刚刚电话饭店前台取消的秋天的婚宴，秦笙对康乔的拒绝，陈大力最后的警告，林淑的歇斯底里，还有因流产遭人发现而被留级的李小濛。这样的述说，犹如夏日夜晚在庭院梧桐树下乘凉时的私语，因为隔了夜色，而变得美好静谧。好像两个经年不见的朋友，躺在清凉的席子上，看着天空中闪烁的星星，没有边际地说一些闲话。至于她和唐放之间的那些痴缠，暂且，都安放在心底吧。

两个人一直聊到天色暗了下去，美兰隔窗听听外面渴睡一样微弱下去的蝉鸣，知道是该离去的时候了。

美兰没有告诉唐放，自己还会不会回来见他。而唐放也没有问美兰还有多久，即会离开这个城市。两个人在次第亮起的路灯下，看着彼此，挥手说再见。美兰转身要走的时候，唐放哽咽，但终究连“再见”两个字，也说不出来。

美兰不想等待唐放最后的告白，她转身奔跑着去追逐一辆已经启动了的出租车。她跑了有50多米，司机终于在后视镜里看到了她，并将车停下。美兰坐上去，大口大口地喘气。司机笑说：“其实这里车也并不少，你完全可以等下一辆的，何必这么着急地赶车呢。”

美兰没有回答司机的问话，只看着窗外的暮色，轻声道：“师傅，带我去学院路。”

钥匙还在门上转动的时候，美兰就听到了房间里刘志国的脚步声。门打开后，美兰看到刘志国睁着满是血丝的眼睛，冷冷问她：“你去哪儿了？又是找你的某一个情人了吧？你可一点儿都不寂寞。”

美兰冷笑，但一句话都不说，便擦着刘志国的肩膀，径直走向自己的卧室。刘志国追上来，一把将她拉住。美兰回头，注视着他的眼睛，带着一种嘲讽的语气问道：“真的想知道我今天去做什么了吗？那我告诉你，我去见了一个我的辞职的同事，不过，他爱我，也愿意娶我。”

刘志国的眼睛里，喷出火来了。那种火焰，几乎可以将整栋楼房都给烧毁。美兰而今已经不怕他的这种混合了暴力恐吓的威胁了，她甚至可以忽略掉刘志国青筋暴突的脖颈，或者涨得紫红的脸，还有剧烈起伏的胸脯。她全当那是一个无关紧要的路人，在施展一种无足轻重的威吓。

最后，刘志国将美兰的手提包一把夺过去，甩到了对面的镜子上。镜子立刻“哐当”一声，明晃晃地落下一块来，而另一块则像一颗松动了的牙齿，摇摇晃晃地挂在那里。

刘志国像琼瑶小说剧里的男主人公，歇斯底里地冲美兰咆哮："你这个借着艺术的名义勾引男人的贱女人，别以为你会画几幅画，就可以让所有流氓男人高看你一眼！在你所站的这块地盘上，还没有你撒野放肆的资格。你可以和别的男人上床，可以和别的男人眉来眼去，可以做他们的小三，可以被有钱的男人包养，可以像卖画一样出卖你的身体，除非，你辞职滚出这个城市，且永远都不要回来，让我再看到你！"

美兰这一次，真的笑了，像一个胜利者一样笑了。这样的笑，让刘志国甚至生出几分的畏惧，像一个人忽然看到了绝望的深渊，或者一脚踩空了，下面恰好是一个深不可测的枯井。

美兰挣开刘志国的手，捡起溅上玻璃碎屑的手提包，将上面的灰尘掸落，而后回头看着刘志国，一字一句地说："我已经辞职，而且，也很快，就会离开这个城市，永远，都不再回来，见你！"

刘志国疯了一样冲上来，用拳头和双脚折磨着美兰，似乎，想要将心里所有的愤怒，都发泄出来。美兰一动不动地站在那里，任由他踢打着。偶尔，她会看到破损的镜子里，自己一张镇定自若的脸，那张脸上，没有悲喜，犹如一潭安静的泉水，是自由的可以流入流出的清泉。

刘志国踢打累了的时候，像个死人一样，放开美兰，躺倒在地上。美兰跨过他的双腿，走进自己的房间，去收拾需要带走的行李。

外面的天光，已经完全暗下来了。可是美兰知道，月亮沉下去，太阳照样还会升起。而这，不过是需要此刻的她，眯眼做一个轻飘的梦，便可以安然抵达。

第十二章　End

美兰只收拾了简单的行李。除了一张存折，一台电脑，几件衣服，一些记忆，她在这个城市，原来并没有多少的东西作为累赘。

秦笙为她处理好了辞职时的一些琐事，陆卫东在无力抗衡副校长的意见后，不屑吐出一句话："艺术学院，不缺她一个博士，走就走吧。"这是陈大力短信给美兰的，临走，他都不忘打击美兰。但美兰看到此句，并未难过，只笑着回复："谢谢。"其实她早已知晓，这个世界，不管是爱情，还是职场，从来不会因为缺少了某一个人，而无法运转。人不过是世界上的一粒微尘，大风吹过，即刻消失不见，所有的意义，不过是当人飘浮在空中之时，所折射的那一点太阳的光芒。

可是即便如此，美兰依然会好好地生活下去。秦笙怕美兰想不开，坚持要来为她送行。美兰笑着拒绝，并告诉秦笙说，她会活到很老很老的时候，她还要画很多的桃花，在春天里，即便知道自己只是微尘，她也要持久地漂泊下去，因为，没有爱情，她还有热爱的艺术，慰藉孤独。

这些话，美兰只能说给秦笙，也只有秦笙，能够懂得。至于林淑、于飞、唐放、刘志国，他们很快就会将自己忘记，就像，她终究也会在某一天，将他们一个一个忘记，直至再不想起。

那幅美兰所画的桃花图，不知何时，被唐放放在了她的包里。美兰知道唐放想要让她记着，她曾经是他的心里，一株怒放的桃花。可他还是不懂得美兰这样已经不再青春的女子，想要的，不过是一程只有枝叶的安静生长的时光。

美兰未曾给刘志国留下只言片语，当爱情的帷幕落下，一个无声的End，胜过所有深情的或者苍白的致辞。她只是将房间收拾干净，又把房间里的钥匙，放在桌上，而后提了行李，转身出门，奔赴从G城飞往江西的航班。

2011年3月7日—2011年5月1日 于青城

后记

小说写完的那一刻，我并没有想象中的欣喜与快乐。相反，我突然觉得惆怅万分。

窗外，是一个喧嚣的夜晚。这个城市的道路，正在开膛破肚般全城翻新。我们总是这样迫不及待地推翻旧有的一切，并试图用新改的容颜，来遮掩过去的伤痕，以为这样，便是进步，便是向前。国人大约都习惯于如此快步急行，似乎慢了一步，就会赶不上便宜的房子车子位子。就在几个小时以前，我在尘土飞扬中，站在这个城市的某个角落，等待出租，却一直到两个小时之后，才终于在拥堵的道路上，有一辆空车，肯载我回家的时候，我对于当下急功近利的城市现代化进程，便生出了刻骨铭心的悲观与绝望。

一转眼，我抵达这个城市，将近一年。我在距离这个北疆城市的艺术世界最为接近的艺术学院，也近一年。这其实是很短暂的时间，不足以让我对艺术与生活的关系，看得更为透彻。但我还是将这些思考的点滴，用虚构的小说的形式，表达出来。这样的表达，像一种自言自语的倾诉，无论有没有听众，都无关紧要，重要的，是我写了出来，将淤积在心底的种种困惑，或者惶恐，或者悲伤，或者逃避，毫无隐瞒地，渗透进文字当中。

小说中的人物，皆是虚拟，但小说中的世俗生活，却真实无比。我试图用此种琐碎庸常甚至让人生出绝望的生活，阐释我所热爱的艺术世界。曾经问过我的身在艺术领域中的学生，艺术之于现实生活，究竟有怎样的意义。他们给了我各式的答案，一说谋生，一说愉悦，一说欣赏，一说休闲，但唯独没有人解释为，艺术最终极的意义，是为了抚慰人类的忧伤。

我借助小说中主人公美兰的情感与职场体验，为艺术与生活的关系，做了认真又近乎无力的探讨。一个又一个的事件，不过是为了考验人在俗世中，挣扎坚持的持久与耐力，同时也是为了将人逼进一个理想与现实必须对峙的胡同，只有在这样逼仄的胡同中，我们方能够真正地审视自己的灵魂，并看清头顶澄澈的理想的天空。

或许，这样的探讨，在一些读者那里，会觉得虚弱。但我依然觉得，它是虔诚的。甚至，因为我一向对文字的敬仰，而带有不容忽视的卑微。

而艺术，不过是世间所有不肯妥协的灵魂，对生命最卑微的呼唤。

2011年5月10日　于青城